故事里的中国印象

锦绣河山万里

读者原创版编辑部 ○——编

甘肃文化出版社

甘肃·兰州

图书在版编目（CIP）数据

锦绣河山万里 /《读者》（原创版）编辑部编 . --
兰州：甘肃文化出版社，2021.7（2024.12 重印）
（故事里的中国印象）
ISBN 978-7-5490-2103-1

Ⅰ．①锦… Ⅱ．①读… Ⅲ．①纪实文学—作品集—中
国—当代 Ⅳ．① I25

中国版本图书馆 CIP 数据核字（2020）第 190295 号

锦绣河山万里

《读者》（原创版）编辑部 ｜ 编

总 策 划	马永强
项目负责	王铁军　郧军涛

策划编辑	王　飞　郭佳美　常鹏飞
责任编辑	史春燕
封面设计	马吉庆

出版发行	甘肃文化出版社
网　　址	http：//www.gswenhua.cn
投稿邮箱	gswenhuapress@163.com
地　　址	甘肃省兰州市城关区曹家巷 1 号 ｜ 730030（邮编）

营销中心	贾　莉　王　俊
电　　话	0931-2131306

印　　刷	三河市富华印刷包装有限公司
开　　本	690 毫米 × 980 毫米 1/16
字　　数	160 千
印　　张	16.75
版　　次	2021 年 7 月第 1 版
印　　次	2024 年 12 月第 2 次
书　　号	ISBN 978-7-5490-2103-1
定　　价	69.00 元

序言

　　时光不染，岁月流金。跨过历史的长河，我们追寻火红的足迹，穿过岁月的征程，我们拥抱伟大的时代。

　　时代，既是源自悠久过去、绵延至今的一段历史足迹，亦是以今为初始、朝蓝图进发的持续进程。发祥于黄河流域的中华文化，孜孜不倦，与时同行，已历经千百春秋，在不同的时期坚守，把握时代命脉，留下深刻烙印。

　　岁月的时光瓶，为我们沉淀成长的记忆，也为我们记录奋斗的足迹。人生只是弹指一挥间，虽然在时间维度上短暂，但我们不要忘了为自己的时代鼓掌。掌声中，时光的镜头已缓缓拉开，曾经的那些记忆随着时光慢慢浮现。

　　中华人民共和国成立以来，"扎根黄土地，亦取养于土地，食不可缺"的袁隆平埋首农田，躬耕不懈，以亩产破千的杂交水稻解决了有史以来最为棘手的粮食问题，使广大人民更有气力投身社会主义建设；"年过古稀未伏枥，犹向苍穹寄深情"的"牧星人"孙家栋刻苦钻研航天技术，从"东方红一号"到"嫦娥一号",从"风云气象"到"北斗导航",60多年来在太空升起数十颗星,以熠熠"北斗"为中华、为世界指引方向;"放眼浩瀚海洋,绘出一道道时代航线"的新青年叶聪将"蛟龙"从图纸化作潜海重器,直下千丈探索深海极限,使中国成为继美、法、俄、日之后第5个掌握大深度载人深潜技术的国家;"用愚公精神创造生命奇迹"的八步沙"六老汉"和他们的后人,先后治理荒漠近40万亩,筑成了一条防风固沙的绿色屏障,让风沙线倒退了15公里,有效地遏制了沙进人退的被动局面,他们凝聚的精神脊梁,撑起了八步沙的一片晴空,书写了一段悲壮、豪迈、可歌可泣的故事……

改革开放以来,中华民族逐渐在时代的激流中站稳脚跟,不惧博弈与竞争,屹立于世界民族之林。这盛世辉煌的背后,是无数英杰才俊、星火青年,将青春、血泪尽数挥洒,以愿景梦想绘制祖国蓝图。他们逆着时代洪流,将崇高的理想、追求融入爱国主义精神,以己身诠释着时代命题,代代传承,至于不朽。甘肃文化出版社与读者传媒期刊中心携手打造的"故事里的中国印象"系列丛书,以全方位展现中国共产党成立以来的辉煌成就为出发点,通过讲述大量充满温情、感人肺腑的中国好故事,大力宣传"时代楷模""最美人物"等先进典型,全面展现全国人民齐心协力实现中华民族伟大复兴的历史画卷,展现在党的正确领导下,民族独立、国家富强、百姓安居乐业,中国正式踏上实现民族复兴梦想的伟大征程。本丛书共 10 册，包括《锦绣河山万里》《追寻一缕时光》《丹心挥洒新愿》《盛世绘就梦想》《我为祖国代言》《一生终于一事》《福顺只须修来》《不忘初心归去》《岁月如此多娇》《家国处处入梦》。丛书里的每一本书都从一个小侧面反映中国共产党成立 100 年来祖国大地上的巨大变迁，用一个个温情的小故事来讲述普通人为之奋斗、为之拼搏、为之努力的人生。

《锦绣河山万里》收录了 41 位作者从不同的视角描绘的 41 座不同历史、不同个性的城市发展变迁历程，这 41 座城市各具特色，风格鲜明，映射出那一方水土孕育的独特人文风貌，更体现出国家日新月异的发展变化。

《追寻一缕时光》以大量真实、贴切、温情的经典故事，展现各行各业的代表人物对行业发展及自我生活工作经历的回顾，以小见大，以点到面，展现中华人民共和国发展繁荣的历史画卷。

《丹心挥洒新愿》讲述了祖国建设各条战线上开拓创新的动人事迹，展现了全国人民创新创业、奋发作为的历史画卷。

《盛世绘就梦想》收录 25 位从 1949 年起在各行各业有贡献、有影响、有成就的人物，他们是造就盛世辉煌的践行者和见证者，通过本书我们将引领广大读者一起触摸历史、展望未来。

《我为祖国代言》讲述在海外工作、学习的中国人心怀故土、矢志不渝的爱国情怀，展现一个个奋斗不息的人生历程，一个个充满爱和理解的家庭，讴歌积极向上的人生态度和爱国为家的良好传统。

《一生终于一事》选取《沙漠赤子》《破希望》《来自乡村的寒酸礼物》等35个故事为广大读者展示普通人摆脱贫困，争取幸福生活的奋斗历程。

《福顺只须修来》讲述新时期和谐忠厚、和顺亲睦的中国好家庭，倡导以爱齐家、以德治家的中国好家风。收录有《父亲和书》《外婆这样的女人》《浓淡父子间》《乖小孩》等几十篇带着浓浓亲情且有温度的文章。

《不忘初心归去》选取了三十余篇关于理想、关于奋斗的文章，展现了企业家、科学家、工人、教师等各行各业的人们坚守理想，矢志不渝，最终走向成功人生的故事。

《岁月如此多娇》通过一个个平凡人的小故事，带领读者走进他们的幸福，感受平凡生活中的温暖，展现新时期老百姓幼有所育、学有所教、劳有所得、病有所医、老有所养、住有所居、弱有所扶的幸福生活画卷。

《家国处处入梦》通过一个个渗入灵魂深处的小故事，展现中国人民矢志不渝的爱国爱家情怀，弘扬新时代的爱国主义精神。每个人的灵魂深处对于家国都有不一样的情感，对于军人，家国就是他们保卫的那片边疆；对于农民，家国就是他辛勤耕耘的那块土地；对于作家，家国就是他心中最美好的存在。

忆往昔峥嵘岁月，看今朝锦绣河山。回首中国共产党成立的 100 年，华夏神州留下了太多的变化奇迹。国家经济快速、平稳、健康发展，曾经的低矮、陈旧已经被眼前的崭新、繁华所取代，绿意婆娑的公园、鳞次栉比的高楼，商贾市集，车水马龙，一派勃勃生机。一个个梦想的实现，一份份成就的辉煌，无不彰显着每个人心中的"中国梦"。

时光恰好，岁月丰盈！让我们和这个时代一起绽放，也伴随着这片神奇土地不断成长。

本社编辑部

2021 年 5 月 20 日

目录 CONTENTS

某个黄昏兰州的背景

◎ 张海龙

传说中，这是一座荒凉的城市，黄河水日夜流过，浇灌出一腔西北气息。在很多人的臆想中，它周围沙漠横生，人们还骑着骆驼、戴着面纱出行。一条河、一本书、一碗面是它的三大名片。来过的人却说，这城市虽不完美，但满怀力量，蕴含着温柔的激情。

黄河的水不停地流

"性子比孩子还野，酒量是上帝的一半"。这两句狠话是宋雨哲写给野孩子乐队主唱小索的，也同样适用于野孩子所出身的兰州。

8 年前，小索因胃癌去世。一只疼痛的胃，就像我们和这个粗糙世界关系的隐喻。那些歌手，那些诗人，那些敏感的家伙，那些情真意切的兄弟，那些跟自己较劲的人，他们总会胃痛。他们吞咽下的食物总是太难消化，最终变成了致命的疾病。

每次提及兰州，我总能想到听了 10 年的野孩子乐队，耳边响起他们唱的《黄河谣》："黄河的水不停地流／流过了家流过了兰州／远方的亲人哪／听我唱支黄河谣／日头总是不歇地走／走过了家走过了兰州／月亮照在铁桥上／我就对着黄河唱／每一次醒来的时候／想起了家想起了兰州／想起路边槐花儿香／想起我的好姑娘……"这样干净有力的句子让人无端热泪双流，因为我们身体里也奔流着一条大河，裹挟着泥沙，不舍昼夜，也因为唱歌的小索早已消失在这茫茫尘世。

在路上

兰州是一座在路上的城市。这座城市里，几乎每个人，要么是刚从某个地方回来就又准备出发，要么是在打点行装准备前往某地。他们代表了对生活极大的、无休止的不满。年轻人长时间不见后再次碰面，第一句话总这样开始："现在在哪儿呢？"

黄河从城中奔流而过，狭长的兰州城仿佛刀砍斧斫而成，粗粝简单、真实动人。

那里的人从来率性生活，不会凡事都算计成本，很多人的故事多少都有些命运感。很多人、很多事都没有什么好解释的，就是本来如此，就是顺其自然，看得清楚却说不明白。

兰州是座漂泊之城，每个人都像风吹来的沙。传说中，这是一座被不断经过却并未停留的城市：霍去病西征，用鞭杆在地上戳出了五眼泉水，就成了今天的五泉山；左宗棠平叛，栽下了左公柳，至今还长在黄河岸边；唐僧取经，据说是乘着羊皮筏子渡过黄河的；成吉思汗驾崩，在兴隆山埋下了衣冠；李自成兵败后，传闻跑到青城做了和尚……

在兰州，土著甚少，听不到多少人在讲方言，大多数人操着口音可疑的普通话。他们来自哪里？似乎每个人都能找到远方的故乡，但是故乡面容模糊。他们被岁月那种沉淀下来的力量裹挟至此，就像黄河浊浪中的滚滚泥沙。他们是里尔克所说的"在时间的岁月中永远回不了家的异乡人"。在兰州，有一条街道的名字叫"一只船"。相传，此处曾经是一群江南亡人的墓园，他们因为某些罪名被贬谪至此。他们在这里生儿育女，他们在这里制造爱恨情仇，他们在这里客死他乡，于是他们修了一座船形的墓园，船头向着南方，望故乡。

从飞机上看不到兰州城区，云层之下是连绵起伏的荒山，是满目焦渴的黄色。夜晚，从机场到市区，一个小时，75公里，让人昏昏欲睡。在长时间的荒凉黑暗之后，猛然间望见灯火通明，拔地而起一座高楼林立、人声鼎沸的城市，给人极不真实的感觉，似乎这座城市就是平地里以搭积木的方式建造出来的。曾经，有人从直升机上航拍了兰州，然后在报纸上登出大幅照片，感叹这座城市像香港，像深圳，像上海，像美国西海岸的洛杉矶，像尽了一切繁华之城。总之，兰州是另一座被想象出来的城市，总是生活在别处。

没有比这更好的地方

这是一座在酒精里泡大的城市，同时也是一座世俗与精神并行的城市。它兼具了酒的沉醉与暴烈，还有酒的神启与狂欢。这城市的深处有一种不可思议的酒神气质。整座城市似乎都在醉意中摇摇晃晃地行走，黄河从城市中间一言不发地穿行而过，每个人都神色凝重、动作缓慢，脸上有风吹过的痕迹，像是刚刚从一场宿醉中醒来。

或许是源于酒神的力量，兰州盛产行为艺术：为了给焦渴的南北两山铺上点绿色，几十年前，人们背冰上山植树种草；为了解决污染问题，人们引黄河水上来冲刷，切割那座挡住了风口的大青山；有个青年在校园的丁香树上挂起大大小小各种绳圈，再把绳圈送给每个路人，让他们把花香带回家；黄河茶摊上那些休闲的市民把一捆捆啤酒直接浸在河水里冰镇；还有个舞蹈演员出身的老头，身着华服，每天定时出现在广场上，带着一群妇女载歌载舞，居然也是数年……他们醉了吗？如果没醉，他们就应该醒着，无所事事或者忙忙碌碌，但他们在这个抬头就看见两座大山、举足就与黄河同步、时时大风凛洌的城市，如果不想法子释放内心的冰与火，你让他们怎么办？

所以，这座城市天然具有一种散漫的气质，漏洞百出却花样翻新，趣味庞杂但野心勃勃。在地图上，它处于中国地理版图的几何中心位置，却被称为"西北偏北"。

旅居美国的作家高尔泰这样述说兰州："这是个美学上荒凉得可以足不出户的城市。"在南方人的臆想中，它周围沙漠环绕，人们还骑着骆驼、戴着面纱出行。

很多人不知道兰州在哪里，却固执地认为它就在赫赫有名的敦煌旁边。可是，天晓得，兰州到敦煌还有一千公里的遥遥路途。

酒在这座城市里的地位举足轻重，一个外地人来到兰州，如果没在酒桌上狠狠地醉过一次，就得不到广泛的信任。如果没有饭局酒场，激情就会减半，办事就会受阻，时光如刀，会将很多人迅速收割。

这是一座不完美的城市，因此才离神更近。兰州城无酒不欢，在这旱码头上，各路神仙大呼小叫，猜拳行令，吃肉喝酒。

几杯烈酒下肚，人们立刻燃烧起来，狂暴、沉醉、纠缠、不能自拔，并且迷恋于这种放纵。瞬息之间，就把自己变成了一座奔跑的火炉。而那些天生带有混血气质的女子，于美貌中更是带了几分锋利，谁想来征服她们，先得把持好手中这杯激烈摇荡的酒。否则，刀郎那首《冲动的惩罚》为什么会在张掖路拐角的那家音像店里足足放了三个月之久？

你知道的，每一天，这座城市里都有成千上万颗心被粉碎得如沙尘暴粉末，然后重新聚集，再被无情粉碎。风吹来沙，再带走沙，没有停息。

所以，我们对这座城市恶语相向，却又生死不离。

对我们所有从此出发的"野孩子"来说，正是兰州，给了我们一种完全不同的异域气质。我们飘零各地，四海为家，聚少离多，却众念归一：生活在与她相会的希望中。

偶尔，我们会遥遥举杯。我见识过她在这尘世上的踉跄难行，她亦深知我飘摇不定的苦楚。有许多次，我搭乘下午的航班向西飞行，北半球漫长的黄昏在舷窗外次第展开，原本弥漫的夜色奇异地渐渐消散，久违的风景竟越来越敞亮。我不动声色、深藏不露，内心却波澜起伏，涌出的全然是感恩与赞美。

某个黄昏兰州的背景：天空辽阔，长风浩荡，山高水远。我们在风中不停忏悔与祈祷，我们亦在书中无限铭记与叹息。兰州，那是我们每个人的另一世。

没有比这更好的地方。

江湖与市井里的杭州城

◎ 张海龙

江湖之间，风水宝地

杭州是座江湖之城，尽享江南水韵之美。

今天的杭州人，很多祖上都来自中原河南。遥想当年，北方数以万计的官僚士绅云集此地，使杭州人口猛增至120多万，成了当时世界上最大的城市之一。手工业者也将各种技艺带入城里，使杭州丝织、造船、印刷、瓷器和军火工业十分发达，成为当时的国际性贸易中心。

那时，这座城市的核心是凤凰山上的一座皇城。大兴土木的皇城一直都在历史的诟病中，却给这座城市带来了无尽繁荣。那些草木一般生长的小民无从知晓大历史，他们只活在自己的生活里。比起皇室争斗，他们更关心萝卜青菜的价格，更在意江湖之间的家常生活。江南从来如此，用尽自己的温柔手段化解了来自北方的戾气。

这种感觉，你会在今日的《印象西湖》中有所感受，听张靓颖在潮湿的空气中一唱三叹："雨还在下，淋湿千年。湖水连天，黑白相见。谁在船上，写我从前。一说人间，再说江山……"

皇城气度，一脉尚存

旧时皇城今日几乎无迹可寻，触目可及的，尽是实在的风俗人情和市井民生。

凤凰山就在市区中心。向右是中河高架和中山南路，向左是南山路和西湖，皆是喧嚣繁华之地，可是此地居民除非有事绝少向外踏出半步。他们更愿意原地待着不动，在从前的皇城所在安稳度日、晒太阳、打牌、择菜、洗衣、发呆，怎么都行。这里什么都有，哪儿都不去。此地在城市又像在世外，如此安静从容、清心寡欲。那些看起来破败的老房子，也焕发出别样的光来。身为皇城遗迹的现实好处，就是多少阻拦了些房地产开发的攻势。

皇城的气度或许仍一脉尚存？在凤凰山的角角落落里，在万松书院的风声松涛里，在馒头山社区的酒肆肉档开水铺里，在凤凰山脚租房而住的诗人家里，也在那些不为外界所动的自尊里，你仍能感受到一些与流俗不同的气质来——

在帝头饭店，老板绝不让你一个人点三个菜，无论如何坚持也不许。对他来讲，原则比生意更重要，脾性比客人重要，刚好比过分重要，不浪费比多赚钱更重要！

在向老虎洞南宋官窑窑址走的路口，一个骑电动车的中年人突然发飙，因为向他问路的人没叫声"师傅"或"同志"。他懊恼的样子证明，千万不能失礼。多年稳定的街面上，大家抬头不见低头见，必须温良恭俭让。不像城里都是陌生人，见一面后可能一生也不会重逢，管他的呢！

在一家简陋的面馆里，老板突然抄起板凳就要和客人打架，起因是那客人一句闲话冒犯了他的尊严。这种火爆脾气在杭州城很少见了，为了一句话不计成本地搏命更像是800多年前《水浒传》里的江湖故事。好在老板火气来得快去得也快，懂得见好就收。发作之后，他以一种近乎羞怯的姿态啜饮老酒。冬日下午，阳光温暖，有十几人围观，生活波澜不惊。下午5点时分，天就黑了下来。

还有一家清茶馆，破桌破椅，一次性塑料杯泡茶，茶水免费，牌戏每小时5元，几间包厢，五六桌散席。那些在玩的人，认认真真地摸牌打牌，认认真真地插科打诨，认认真真地对骂拌嘴，像是一件非如此不可的工作。对他们来讲，似乎一切都可以忽略不计，只有眼前的快乐是真实的。一杯茶水，不过润喉清肠然后化作一泡尿溺，有什么可讲究的？

我数了数，两边房屋鳞次栉比，有茶坊、酒肆、菜摊、肉铺、肥皂厂、废品站、花圃、纸货铺、开水房、杂货店、剃头铺等等，此外尚有医药门诊、车辆修理、修面整容，各行各业，应有尽有。大的商店门首堆满货物招揽生意，街市上行人摩肩接踵川流不息，有做生意的商贩，有看街景的老人，有开车的美女，有提刀的屠夫，有在阶梯上闲望的夫妇，有糊纸盒的母亲，有排队行进的少年……男女老幼，士农工商，三教九流，无所不备。

北宋画家张择端曾作《清明上河图》，画的是大约一千年前都城汴京极盛时的生活片段。我在杭州凤凰山，也看到了绝像《清明上河图》的场景，此地确乃皇城遗址，气象万千，生生不息，所谓 870 多年来的岁月以及一万里路山河，一定堆积了太多的民间传奇。

市井之城，算计生活

皇城从来居不易，所以杭州人懂得算计成本，如此才能过上理想生活。杭州人的价值观，大不过"弄灵清"三字。比如把喝茶改成吃茶，就是以茶为名头，但茶中真相其实是吃，是以每位几十元起的自助价位，去吃茶馆里成行成列的食物与水果。

吃茶如此，打架也是一样。北方人来南方，总见不惯此处男人只是嘴上功夫，隔着两米远劈空施展拳脚。殊不知，杭州人之精明全在于权衡利害——打一场架可能痛快，可是成本高昂，不但有可能进班房，更要赔上大把钞票。岂能乱打？

曾经，我在杭州劳保舞厅门口见过这样一场真实斗殴，让我感慨不已。那场面是这样的：一小伙刚刚在舞厅里单挑了另一小伙，打破了对方的头。不多时，被打一方伙同呼啸而至的兄弟在舞厅门口堵截作群殴之势。刚刚得手而现在明显处于下风的小伙，立马判定敌强我弱，并马上作出决定。只见他一手持酒瓶，另一手向前一伸："大哥，且慢，我自己砸自己一瓶子，你看行不行？"言未毕，酒瓶已击在自己头上，鲜血刹那间流下。对方大哥表示认可，此仗扯平，鸣金收兵，估计大哥会带着小弟们一起吃茶去。生活在这样一座反复盘算利害关系的城市里，万事不可冲动，"弄不灵清"才是真正的奇耻大辱。

所谓利害关系，说到底就是钱的事。"钱塘自古销金窟"，风景好都是靠钱堆出来的。浙江人重商，在中国出名的有钱闲不住，在世界上出名的为了钱不闲着。所以，杭州虽有"休闲之都"的名头，却一刻也不得闲。所谓休闲，不过是门生意而已。我有位老大哥早下了断语："在杭州生活，起码得有 1000 万才差不多能刚刚活得像个人样……"

说说容易做起来难，更多的人想赚到 100 万都难比登天。活得通透的杭州人偶尔也会自我安慰：赚再多的钱，也不过是为了在西湖边晒太阳喝茶谈风月。你们还在路上走着，我已经到了目的地，还想那么多干吗呢？

茶禅向来一味。禅语说，饿了吃饭，困了睡觉。

那么，不如吃茶去。

到了 12 月，坐在班车上，便可带着一种富足心情，

愉悦巡视这座城市的阳台

——无论新起的高层还是画着大大"拆"字的红砖旧楼，

家家户户阳台上都毫不含糊地挂着咸货。

一辆班车，装着我的合肥

◎ 柴岚绮

我每天都坐单位通勤车上下班，从南到北，穿越整座城市，检阅着我从未离开过的家乡，我的合肥。

早餐在路上吃每到周一，这座城市的交通会出现照例的小拥堵。司机端住大方向盘，铁青着四方脸，陷在兵荒马乱的人海车流中。

在黄山路短暂停靠时，会看到另一个单位的一群人。有个显眼的外国姑娘站在其中，一边翘首张望，一边抽空低头咬一口双手攥着的早饭。隔着玻璃窗，我看见她有时拿的是烧饼油条，有时捏一张油乎乎的蛋饼，完全入乡随俗。

外界都评价合肥节奏慢、宜居。然而这里大部分的人都是在路上匆忙解决掉早饭的。

到处看得见起早经营的露天饮食小摊，提着几两锅贴和豆浆的年轻人哎哎叫着追赶公交车。本地论坛常冒出这样的帖子——能不在公交车里吃煮鸡蛋吗？一股热烘烘的鸡屎味。

没有暖气的冬天，合肥被称作南方，但这里的冬天，比北方更冷。有一年，雪后的清晨，刚下班车碰到问路的，穿薄棉袄，缩着脖子，说话时不时吸一下鼻子，拼命把冻出来的清鼻涕礼貌地吸溜回去。她们来自哈尔滨。我领着她们朝单位办公楼走去，听到她们颤抖地问，你们这里咋这么冷啊？而且，屋里头比外面还要冷。

淮河以南地区没有装暖气的习惯。那些格子衬衫外直接披一件及膝羽绒服就兴冲冲来合肥出差的北方人哀伤而夸张地点评，说冻得骨头都疼。这时，他们似乎有点懂得，时尚人士不屑的秋裤为什么在我们这里永不落幕。

每年大约霜降过后，我娘就开始操心我孩子过冬的毛线裤——买那种最粗的全毛毛线，求人织那种最厚实的元宝针。等手工成品出炉，拿在手上，毛茸茸沉甸甸。然而小孩大了，开始爱美，怎么也不肯穿，眼圈一红，说穿上以后——跳绳时根本抬不动腿！小孩说，最冷的时候，大家顾不上纪律了，教室里只要有一个带头，就会集体跺脚。每每讲到这里，她快活地大笑，对冬天满怀期待。

挂满咸货的阳台本地有腌制肉食的习俗。从 11 月开始，饭店就抢先挂出通红的香肠——猪肠衣里装着拌好佐料的碎猪肉，用绳子系成一小段一小段，历经十几天暴晒，把鲜红色晒成蔫蔫的玫瑰红时，便可蒸食了。本地饭店常备"咸拼"，就是咸货拼盘。咸猪肉、香肠、咸鸭、咸肫，通通切上一点，码在一个盘子里，是白米饭的天敌。

到了12月，坐在班车上，便可带着一种富足心情，愉悦巡视这座城市的阳台——无论新起的高层还是画着大大"拆"字的红砖旧楼，家家户户阳台上都毫不含糊地挂着咸货。鸡鸭鹅，猪牛羊，都可以用一样的手法腌制，那时本地人最爱做的事，就是每日在阳台上孜孜不倦勤劳翻晒咸货，笑眯眯看着它们由最初的丰满风干成瘦骨伶仃。

大嗓门和方言合肥人嗓门大，尤其结过婚的女人，音量随婚龄飙升。班车上也不例外，爱看《非诚勿扰》的中年女同事喜欢把上一集场景用方言绘声绘色复述一遍。而隔着班车的玻璃窗，你也总能看到一幕幕拉扯个没完的街景——无非一个铁了心要送，一个必定不收，伴着震天响的嗓门。有一次，我亲眼看到一个女的非要给另一个女的带着的小孩红包，出其不意大力塞过去一张红色钞票，然后很有经验地转身就跑。那个攥着钱的哇哇叫着拔脚奋起直追。路人均驻足目送，只剩下那被撇在原地的小孩，茫然了两秒，号啕起来。

外地人表示很难听懂合肥话，听起来像性格刚烈的一串鞭炮，噼里啪啦光听到响。我们自己说时不觉得奇怪，然而一旦打开电视，看到本地社会新闻里，某群众大妈正接受记者采访："介个热斗毒，表好热，突然听到侠们靠门……"翻译一下吧，"介个"是今天，"热斗"是太阳，"表"是不晓得，"侠们"是小孩子，"靠门"就是敲门。我的湖北女友干瞪着眼，孤独而愤慨地看着我们笑倒下去。

另外，很多人特别喜欢在每句话后面加上"死掉了"三个字，不拿这三个字狠狠收梢，嘴巴和心情都嫌不过瘾。

同事嫁了个北方人。她说她第一次去他家过年，惊艳于饭桌上的一道菜，忍不住夸赞——好吃死掉了！完全没在意他爹娘表情里掠过的异样。大过年的，连续说了无数个"死掉了"，友邦惊诧到惶恐。据说现在，他们已经习惯了这种夸张和到位的"合肥情绪"。

武汉人格

◎ 韩 晗

一

我的祖籍是河北，因此不算正宗的武汉人。除了我父亲在武汉出生以及我在武汉大学念博士之外，我既非生于武汉，亦未在武汉受过基础教育，更未将户口落在武汉，因此，我谈武汉人格，应算旁观者言。

我虽与武汉没有看似太直接的关系，却又太熟悉这座城市，因为我的家乡黄石离武汉只有一小时的车程，每个寒暑假我都会在武汉生活一段时间。正是这种似远又近的距离，让我对于这座城市有了更加鲜明的印象，尤其是错综的交通、复杂的路况以及拥挤的人群，特别是每次从武昌到汉口都要穿越两条江，这在国内其他城市几乎看不到。

在许多人看来，不规整的城市结构是导致武汉人脾气暴躁的原因之一。生活在这座城市的人，每天要忍受最远可达 40 多公里的路程上下班，时而狭长、时而拐弯的道路让许多刚来武汉的人陡然变得焦急不堪。

因此，有车族还是"在路上"的时候居多。武汉人喜欢开快车的习惯全国闻名。近些年，武汉市政府提出了"敢为人先，追求卓越"的口号，被媒体称为"武汉精神"，我倒认为这是武汉人开车风格的最好体现："敢为人先"乃插队，在武汉本不宽阔的马路上，时常可以看到某辆车在拥挤的车流中东插西塞、险象频出；"追求卓越"则是超速，只要路况稍微好一点，许多司机便无视减速带与摄像头，直接在高架桥上开出近百码的飞速，然后在红灯前面一脚急刹，颇有 F1 车手的气魄。

这几年，武汉的市政工程建设进入了"快车道"，交通问题也好转不少，但与日本东京、中国香港甚至上海、南京相比，武汉的市区交通依然有很大的不足。好在武汉人早已习惯了拥挤闷热的公交车、时常塞车的马路与不太遵守交通规则的司机，火暴里透着宽容。

二

武汉人爱发火、脾气大，当然也不完全与交通有关。

以前有说法称武汉乃中国"三大火炉"之首，后来据说南京、重庆相继落榜，改为长沙、南昌，而武汉依然雄踞"三炉"之首。历年一到三伏天，新闻便报道武汉又刷新了历史最高温纪录。

武汉的热，不同于戈壁滩的沙漠炙烤，也不像东南亚的海洋气候，而是一种非常奇怪的湿闷。早晨出门时，恍如走进一间刚营业的桑拿房，潮湿窒闷，令人气短；中午 11 点，太阳便如约出现在头顶，路面温度瞬间可达六七十度；刚到晚上，又回归到早晨那种湿闷的天气，一天里几乎没有温差，周而复始。

这样的气候，如果还能气定神闲地煮一壶咖啡，聊聊古典音乐，那真有些冷幽默。

早些年武汉人喜欢把竹床搬到屋外，形成大马路上"床连床"的壮观景象。这一景观如今早已不复存在，原因是武汉近些年大兴土木，室外灰尘漫天，谁也不想做义务的吸尘器。再者，这几年城区私家车数量猛增，空调总量更是呈几何级数攀升，加上昼夜无温差，户外根本无法入眠。闷热的气候总是影响到人的脾气，久而久之，武汉人的火暴脾气便扬名海内外。

我始终认为，武汉人的火暴脾气并非戾气，而是这座城市的一种独特文化。从古到今，武汉人的性格锻造出了武汉的"战争文化"，无论是孙权、朱元璋的厉兵秣马，还是当年张之洞的"汉阳造"，抑或辛亥革命的"第一枪"，没有这样的"火"，便无法使武汉在中国几千年的战争史中有着无可取代的重要地位。有人说，武汉自古为兵家必争之地，是因为武汉"九省通衢"的地理位置，但若是少了当年敢放"辛亥第一枪"的武汉人，武汉还能受到历代兵家的重视吗？

在和平年代，武汉最有名的便是足球迷，但武汉人的火暴脾气早已回归理性。君不见，武汉球迷大声喊叫居全国翘楚，但绝少有闹事者，至于砸车、扔酒瓶等恶行更是从未发生。可惜的是，随着湖北队被中超除名，湖北球迷也各自散伙，作为武汉球迷精神家园的新华路体育场早已荒烟蔓草，梦想不再。

三

武汉在当代的出名，恐怕还与毛泽东的若干次到来有关。

中华人民共和国成立后，毛泽东曾 39 次来武汉，游东湖、渡长江、吃豆皮，使得武汉一度与北戴河并列为中国的两大"夏都"。众所周知，毛泽东青睐武汉，最大的原因恐怕还是因为他在上世纪初曾五次来过武汉，在武汉开办农民运动讲习所，并发动当地工人、农民与学生参加革命运动。

于是，在中共党史上又有了一个重要的问题：为什么毛泽东在大革命时选择武汉？

其实答案也很简单：武汉自古因两江之隔，形成了武昌、汉阳与汉口三镇。随着中国现代化运动的兴起，三镇成为"洋务派"们的试验田。短短几十年间，教育重镇武昌积聚了大量学生；汉阳则以工人、农民居多，而率先开埠的汉口又催生了大量的民族资本家与职员。因此，作为洋务运动的滥觞之城，武汉构成了中国社会走向现代化的缩影。

坦率地说，这种缩影使得武汉有点"四不像"。正因为它集中了太多类型的现代社会阶层，使得它并不像十里洋场的上海一样，成为国际化的大都市，也不可能像古都北京，锻造出皇城根儿下的贵族气质。正是在这种背景下，武汉塑造出了一种特定的人群——他们没有农民的朴实，也缺少工人的纪律性，更缺乏资本家的气魄，但他们有一定的产业，有一些文化，懂得一些城市的生活规范，但又少了一些大城市居民的风度。这群人有一个不太好听的名字，叫"小市民"。

因此有人说，武汉是中国最小市民的城市，不光是早年风靡全国的《汉正街》，也不只是池莉笔下的饮食男女，而是在武汉所嗅到的一种气味。

这话不假。我承认，武汉确实是一座小市民的城市。它没有作为几朝古都而享誉国内外，更无兵马俑、故宫或泰山这样的世界遗产可以令当地人骄傲不已。再说武汉的风景——记得有一个外地的朋友问我，都说东湖好看，但真到了东湖，能看到什么？能看到西湖的苏堤、白堤吗？能看到洞庭湖畔的岳阳楼吗？

我无言以对。

如果真有外地朋友来问武汉的文化是什么，我觉得，恐怕这一切非得在街头巷尾面窝豆皮热干面的"早点"，利济路、三元路夜晚的"潜江大虾"与热浪翻滚中寻得一片宁静的风景之间去找寻了。作为老资格的"火炉"，武汉有的是坦率、火暴、拥挤，甚至有那么一点庸俗的平民化，但你无法批判它，平民化就是武汉的个性。

四

武汉是中国数一数二的工业城市。记得多年前读过一本地理杂志，里面有这样一段话："从城市的上空看南京，是一块璞玉；而西安，则是一片汉瓦；至于成都，更像一杯绿茶；而从上空看武汉呢？则是一堆不可爱的废铁。"

说实话，武汉不太受旅行者与度假者们的欢迎。有一位法国朋友告诉我，他几乎走遍了全世界的城市，对武汉的印象只有一个：表面充满市井气，实际却非常难以接近。

我不知道世界上其他地方的工业城市是否也是如此，但我认为自己是了解武汉人的。

这是源于自卑的自傲。不同于上海人的长期排外，也不同于北京人先天的优越感，武汉人有时候确实在面对陌生人时表面上缺乏一种"暴脾气"里的热情，但这并不意味着武汉人冷漠、高傲。恰恰相反，当你与一位武汉人交朋友时，你会发现"外冷内热"的武汉人像极了武汉冬冷夏热的天气。

这一切与武汉的地域差异相关。作为工业城市，一百年来，武汉付出的是矿产资源、自然能源与人力物力，收获的却是差距，当年比肩的"兄弟"南京、重庆与广州现在早已超过武汉太多。曾经的"大武汉"竟然成为需要用十几年、几十年的奋斗才能达到的远景目标。面对这些，武汉人没法不郁闷。这样一种压抑、愤懑、自怜但又不肯认输，最终变成了渗透到骨子里的傲气，让武汉人变得看似对陌生人冷漠、充满防备，但当武汉人真的与对方坦诚相交时，武汉人骨子里的热情又会不自觉地冒出来，甚至热乎得让你无所适从。

五

作为一个"准武汉人"，我总对武汉充满好的愿景。

就算武汉有太多的缺点，就算这座城市缺乏应有的灵气，但归根结底，我在这座城市里的生活已伴随着我的童年一道刻印进我的记忆。无论是长江大桥、黄鹤楼、司门口、洪山，还是江汉路、利济路、桥口路或月湖桥、天河机场、光谷、琴台，武汉没有哪一个地方我不熟悉，这种熟悉就像了解自己的身体一般。

想起一句广告词"熟悉才能如此亲近"。但写文章最怕的就是亲近的写作对象，因为你会忌惮，怕伤害到亲近的人，你还会因为太过于亲近以至于不知道该怎样去描摹它的骨骼和结构，而不是仅仅用寥寥几笔来轻描淡写它的肌理。

我常对外地朋友说的一句话是：武汉这座城市，5 年之后你再来看看，一定会更好的。

若真如此，5 年之后，我愿意再写一篇文章来纪念我生活过的这座城。

“滇癖”与“家乡宝”，

不仅仅在生活里，

还在历史和文字之中。

锦绣河山万里 /

昆明人的"滇癖"与"家乡宝"

◎ 周重林

"滇癖"

晚清云南籍状元袁嘉谷曾经对自己的学生说，自己百无一好，却有一个很特别的爱好，他称之为"滇癖"。何为"滇癖"？就是对云南一往情深的热爱与眷念，对云南地理与文化无法割舍的情感。

袁嘉谷的时代，有滇癖的不只是他一人，还有方树梅、陈荣昌、李根源这些大家。更多的普通人，则宣称自己有"家乡宝"情结。

为昆明人性格作注解的，是黑格尔的地理决定论。他认为内陆居民善于沉淀和积累，中庸保守，满足于自身优势，因为他们拥有富庶的资源和稳定的生活及繁衍环境。云南坐拥动物王国、植物王国，资源丰富，气候卓越——天天是春天，人口稀少——

少很多竞争压力，作为首府的昆明只用和云南其他地区随便比较便可以获得优越感。

《昆明县志》里说，吾滇人最不喜欢背井离乡。士人除了外出做官，只有赴试才肯离开家乡，否则井田桑麻，以终老田间为乐。为经商而出远门的，那是百人中不见一二。所以昆明比其他地方民风淳朴，当然也有闭塞盲目之嫌。

"悠悠呢"

独特的气候环境造就了昆明人温暾懒散的个性，这样的个性注入到了琐碎的日常生活中。你要是对一个昆明人说："你太懒散了。"他会笑嘻嘻地说："懒点有什么不好？悠悠呢。"

"悠悠呢"是昆明人的口头禅，就是慢慢地，做任何事都不要急。你去拜访昆明人，他会告诉你，悠悠呢来；吃饭的时候，他也会说悠悠呢吃；走的时候，他又会说，悠悠呢去。

如果说，这体现了昆明人无微不至地关怀，那么，轮到你等一个昆明人的时候，就会深深了解什么叫"热锅上的蚂蚁"了。昆明人说一分钟就到，结果你可能等了半个小时，或者一个小时都来不了。当你看到一个昆明人"悠悠呢"向你走来，你做不做得到笑嘻嘻地迎上去，告诉他慢走有益健康？

"悠悠呢"使得这座城市的生活节奏异常缓慢，在昆明很少见到快走的人，一些学者解释说，昆明海拔高，缺氧，人的精神不容易亢奋。加上常年恒温，季节的更替又太不明显，导致这种慢的惰性无处不在。

早上七八点钟，在上班的路上，吃早点是一件很窝心的事情。早上十点以前，昆明的店少有开门经营的。民国时期的昆明警察，每天早上例行的任务之一就是叫昆明街道上的店铺开门，不让人们睡懒觉。

20世纪30年代，历史学家陈碧笙就发现了这个现象，说边地汉人有"四不"主义："不起早"，怕瘴气；"不洗澡"，怕风湿；"不吃饱"，清理肠胃；"不讨小"，即不娶小老婆，养身体。云南是一个以少数民族为主的地区，最先的外地移民几乎都被当地同化。

蒸出来的性格

以蒸锅和烟锅为代表的器皿，是昆明人用原始的烦琐来消耗时间的方式，也是他们表达情感和价值观的方式之一。不难看出，女人煮饭和男人吸水烟筒是云南最有特色的两大生活习惯，且都与蒸气有关。

昆明人做饭其实包含两道程序：煮饭和蒸饭。流程是这样的：先把米放在锅里煮10多分钟，等煮到半生不熟时，便置于筲箕上漏干，再把米倒入蒸锅用蒸汽蒸熟，这样一来，米是米，米汤是米汤，分得清清楚楚。

"煮饭"的关键在于把米汤单独剥离出来，让米单独享受蒸汽，还有漏不干的米汤，也会顺着蒸锅流到下面的锅里。吃饭的时候，米汤可以当成饭汤来喝。

要是家里小孩问妈妈多久可以吃饭，妈妈会用"煮着了"或"蒸着了"来回答吃饭的大约时间。在蒸饭的同时，也是做菜的开始。

对蒸汽烹调的热爱，不仅体现在煮饭上。昆明最为著名的美食汽锅鸡和过桥米线，无一不是对蒸汽的热爱。尽管蒸被赋予了太多烹调的意义，比如这样可以保持食物的原汁原味和营养均衡，但在生活快节奏的今天，叫人慢慢等待蒸出来的食物，一定会觉得原始和浪费，可是昆明人一直热衷于此。

今天随着电饭煲之类的电器出现，许多家庭已经不采用蒸饭的传统方式。蒸饭却大规模出现在饭馆中，今天到昆明的人还会看到，许多专业的煮饭公司都用很大的木质蒸子把蒸出来的饭送到一些馆子里，原始的蒸饭并没有被现代文化所取代，而是顽强地保留了下来。试想，一个从儿童时代就谙熟这套烦琐程序的昆明人，性格自幼便是蒸出来的，不温暾才怪。

"等我呷锅烟"

在昆明的男人圈里，还有一句话颇有意味，就是"等我呷锅烟"。为什么抽烟不是论"根"呢？因为这里大部分男人都吸水烟筒。

就连身边的女人也会抱怨，自家男人怎么会一天到晚抱着水烟筒。出门前，女人都要耐心等着男人把手上的烟丝吸完。而一回到家，坐到沙发上的男人第一件事还是抱起水烟筒，"咕咕咕"地吸个没完。无论做什么，都会听到男人说"等我吸口烟，就来就来。"这样的语气，换到另外一个家庭或另外一种场景，都不会有所改变，最多换成这样："急什么，烟都没有吸完呢！"

要是一群昆明男人在一起办事，他们会轮流抽一圈水烟筒，当作休息。一个人说我要去吸锅烟，就是告诉别人他想休息一下。如果一群男人中碰到不会抽烟的人，他的休息权会被大大削弱，成为抽烟者的"使嘴人"（就是给他们去买点东西、跑跑腿之类的）。也许一个使嘴人开始并不想抽烟，但因为老被使唤，也毅然加入抽烟大军。

水烟筒在云南被叫作"烟锅"，是一种用竹筒制成的烟具，一般长约一米，用铁条捅穿竹节，竹子三分之一处，开个小孔，斜插上一根手指大小的竹筒，作为烟嘴，灌进半筒清水，便成了水烟筒。抽烟时，将一小撮烟丝按在烟嘴上，边对着烟丝点火，边将嘴巴贴着水烟筒上端筒口猛吸，烟经过清水的过滤，去掉大部分尼古丁和杂质，变得更加醇香爽口，不会因吸烟过多而让喉咙痛、肝火盛。这正是水烟筒的魅力之所在。

昆明市郊曾有两个大型的集市——龙头街和马街，这里都是卖水烟筒和烟丝的地方，但随着集市的拆迁，昆明男人的吸烟方式也被迫从烟筒向纸烟转变，当然，年轻一代中，很少见到有人抽水烟筒了。另一方面，伴随健康的理念，许多人已经戒掉了香烟。

有人曾问民国元老李根源——他留学日本，学贯中西，一个有着世界眼光的人，为什么会一直着力于整理云南史籍？李根源回答说，正因为如此，才觉得家乡先贤之可贵，一是他们确实有值得传承的才华与品质，二是自己是云南人，情感上与他们更亲近。

"滇癖"与"家乡宝"，不仅仅在生活里，还在历史和文字之中。

花重锦官城

◎ 海 潮

　　悠闲的成都在睡梦中恍惚醒来，透过窗外的灯火看一眼时间，凌晨一点半。

　　暮春，正是睡眠的好时节。翻个身接着睡，听到隔壁人家传来哗啦啦推洗麻将牌的声音。凌乱，时断时续……我笑笑，很快睡着——早已经熟悉了充斥于这个城市大街小巷的麻将声。这是成都人最喜爱的娱乐，街头巷尾，左邻右舍，甚至候机大厅，只要人手不缺，随意就可以摆上一桌。由此成都人彼此之间向来都无陌生感，三两局之后，天下皆知己……

　　自小便是在这种初听凌乱久听悦耳的声音里长大，这声音当真令我有温暖的安全感。

　　成都人是悠闲的。成都人的悠闲直接影响了成都的速度，如很多人印象中那样慢悠悠、懒洋洋。这描述其实并不错，但并非表明成都是落后和懈怠的，唯一能够说明的就是成都人不急躁，不逼迫自己，也不勉强别人。成都人更习惯在一种缓慢温和的节奏里工作、生活、享受、谈情说爱甚至分别离散……

何必那么焦急呢？人生就那么长，急急赶几步也不会改变什么，只显得仓促和慌张。慢一点，从容一点，优雅一点，或许可以让生活的姿势更好看。

就如我的成都吧。

骄傲的成都

想来如今喜欢到处行走的人越来越多，因此也定然有很多人的脚步遍及诸多城市，只是繁华、时尚也好，简约、清净也罢，恐怕少有城市有成都这样整齐的规矩吧。你看熙攘的春熙路街头，手拎大包小包的成都美女或十指相扣的亲密恋人，不管如何年轻，神情中充斥着怎样的叛逆不羁，都是规矩的，整齐地排在某一个队伍中，等候公交车、等待一份冰激凌或一杯温热的奶茶。他们从不插队，也不焦急，就那样心平气和地站在长长的队伍里，或独自听着音乐，或亮亮柔声细语。若有人插队或者显得焦躁，他们会翻个白眼，眼神里写着质疑：外地人吧？

没错，只有外地人才会诧异于成都这种时时、事事排队的风气。无论饭馆、车站还是商场、景区，成都街头绝少看到乱糟糟拥挤一团的状况，永远是长长短短的队伍和队伍中一张张悠然自得的面孔。而我料想，或许正是成都人这种临危不乱的从容和被这个城市浸染到骨子里的缓慢温和，让成都人看上去更显精神、年轻。

两年前，老妈坐火车去济南探望老友，途中和一个女孩闲聊。女孩叫了老妈一路大姐，快到站时，老妈才嬉笑着纠正女孩该叫她阿姨，因老妈的年龄比女孩的母亲还长 2 岁。女孩大惊，问："您怎么保养的?"

老妈慢悠悠地说："没怎么保养啊，每天打打麻将，喝喝茶，摆摆龙门阵，就这样喽……"听上去很低调，但那表情，我想得出来，绝对是张扬自得的——成都人向来骄傲，走到哪里都是这副唯成都最好的姿态。

土生土长的成都人，谁都能罗列出这个城市的一堆故事来。如果你想听，街头晒太阳的老太太、老先生也会给你讲讲司马相如和卓文君的《凤求凰》，会眯起眼睛陶醉地来上两句，也会劝导你，既然来了，要去杜甫草堂看看啊，要去武侯祠看看啊，要去望江楼公园看看薛涛墓啊，顺便带一些薛涛笺，还有宽窄巷子、平乐古镇、锦里古街……直听得你心驰神往。当然，他们也会自然地把都江堰、青城山的美丽归到这个城市中。老人喜欢那样骄傲地扬扬嘴角，说，去吧，北站坐动车，车票才 15 块钱呢……晚上可以去吃碗赖汤圆，再喝杯竹叶青，巴适（舒服）得很嘛……

美味的成都

我曾离开成都整整 4 年。年少时总以为外面的城市会好一些，有闯头，于是考去上海读大学。结果，没出俩月，我直接从一个成都小胖子变成了一个"上海瘦男人"，那些带着甜味的食品完全毁坏了我的味蕾。记得有一天晚上，睡不着，我对室友说："你知道要是在成都，这会儿我会干嘛？"

他从上铺探下身问："干吗？"

我说："我会去总府街吃一碗赖汤圆，然后去荔枝巷吃一碗钟水饺，还要吃长顺街治德号的小笼蒸牛肉和洞子口张老五凉粉，然后把铜井巷素面和叶儿粑、玻璃烧卖、蛋烘糕、牛肉焦饼、珍珠圆子……通通吃一遍！"吧嗒一下，我的口水落到了床边，他的口水落在了我脸上。

快乐的成都

成都人"摆龙门阵"的功夫非同寻常，绝不会因为你是外地人就少说几句。主人总是有大把的时间来讲述这个慢悠悠的城市，直到客人也慢下来。

成都的游乐城是最热闹最好玩项目最多的，还拥有国内最高的高空观览车——这绝对不是炫耀，是因为连政府都纵容民众的娱乐心态。心情愉悦才会身体健康，身体健康城市才温暖安逸、朝气蓬勃。曾有毕业后到北京的大学同学来成都出差，半个月后，他便决定离开北京投奔这个城市，不为别的，就为此城连麻将都玩得那么欣欣向荣，那么花好月圆。从不见谁在这种满城皆好的游戏中计较、争执、吵闹不休，玩就是玩，唯快乐至上——成都人早已成功地把他处的"赌博工具"变成了健康的大众娱乐项目。

后来，朋友果然来了，放弃北京的高薪职位，找了份收入相对寻常的工作，反倒觉得比在北京时富裕很多，于是悟出这样的道理：所谓富裕不是赚钱多少，而是消费高低。

成都从来不用消费压制诸多我这样的收入平常之辈，相对平稳的房价和物价让所有贪图享乐的男女可以随时呼五喝六地召集起一群人品美食、饮美酒、看美景，不用太过担心钱包，甚至谈恋爱也无须太过破费。记得当年追女友，带着她去锦里古街看了一场她从不曾看过的皮影戏，然后买了两个皮影送给她，又带她吃了一份地道的赖汤圆，就在这条街那么一进一出，她看我的眼神已经转变……再加上抄写在薛涛笺上的《凤求凰》，有几个女子架得住这阵势？

于是我们这些懒洋洋的成都人常常胸有成竹地规劝诸多路过此城的女子，为了这个城市的独一无二，完全可以考虑嫁给一个成都男人。

这种提议大多会得到认可，于是，成都男人很容易就会把途经此城的外地美女留下来。

多情的成都

当然，成都女子并非不好。相反，成都女子的漂亮由来已久，"冰肌玉骨、自清凉无汗"的花蕊夫人便是个中代表。

成都女子时尚大气，大多有可人的瓜子脸、白天鹅一样的颈项，既无南方女子的低矮，又不似北方女子的粗犷，无论个头还是身形都恰到好处。且辣椒是成都女子的天然美容品，将她们个个滋养得珠圆玉润。只是相处久了，街头巷尾摆过龙门阵、推过麻将牌，总觉得彼此有了姐妹般的熟稔，亲过了头，再想去爱，会有那么一点点别扭。且吃着辣椒长大的成都女子和成都男人一样，有着火辣的脾气，敢爱敢恨，敢作敢当，我们骨子里实在是太像了。于是似我这般过于亲近本城异性的男人，会把多情的目光投向站在成都街头的异地女子，并心猿意马起来。

在被俘获后，昔日的异乡女子便慢慢被我同化，常常听她在电话里操着地道的成都话给昔日的朋友打电话，说："李宇春在《龙门飞甲》里好耍得很呢，要是主题曲让靓颖唱一唱就好了，这些成都女娃娃越来越了不得了……"

她还喜欢读桑格格的方言版《小时候》，一直能读到笑岔气，也越发能够体会到成都女娃娃的幽默、好玩和自娱自乐的精神。

当然，作为成都女人，她也不再屑于锦里的那些花哨把戏，她知道了，那样的地方是为招揽外地人的，光鲜但不沉实，代表不了真正的成都。她喜欢去宽窄巷子走一走，还能触摸到八旗子弟的旧时气息。她也喜欢在春夏时节行走于街中葱郁的芙蓉树下，感慨后蜀皇帝孟昶一定是多情温柔的男子，为心爱的花蕊夫人种遍芙蓉。于是，当年的成都便是"四十里为锦绣"，成为美丽多情的芙蓉城。

锦绣的成都

据说上世纪初，法国诗人谢阁兰手执波兰的诗集，千里迢迢来到成都——这座他想象中的"世界尽头的大城市"。他在《中国书简》中描写道："一个熙熙攘攘的城市，有人气，但不俗气。不太整饬，也不太复杂。街道上铺着熨帖的大块砂岩石，灰紫色，穿袜子和木屐踩上去都很软。街上既充满往来的脚步声，又有轻松而风度翩翩的嗒嗒小跑。

富有的大商店不停地向外流散出丝绸。很难想象那里的色彩、气味……"

看过很多描写成都的文字，但他写得够好，因为字字句句中都藏着深情。而最好的当属杜甫那两句"晓看红湿处，花重锦官城"吧，每每读来，都会令一个成都男人湿了眼眶。

也许，这就是济南人的性格，

任凭外界如何叫嚣，如何光怪陆离，济南人都不在乎，

他们要的不是眼球经济，而是实实在在的生活。

不辞长做济南人

◎ 马少华

　　每年一到冬天，在济南各个大学的大一新生中，总会流传这样一句半失望半戏谑的话："唉，被老舍骗了。"

　　这句话的来源，就是被选入语文课本的那篇老舍的《济南的冬天》。在那篇课文里，老舍把济南夸成了一朵花儿，用了很多修辞手法，又是排比，又是比喻，又是拟人，写得花团锦簇，害得学生们天天早上哇啦哇啦地背。正因为这篇课文，济南这座并不很吸引眼球的城市，成了大家的共同记忆。

　　在十几年前，当我作为大一新生来到这座城市的时候，也曾发出过同样的感慨，随后是大家的哈哈一笑。毕竟，身处这个以求新求变为荣的时代，去要求一个城市保存半个多世纪前的状态，本身就是一件不靠谱的事。

　　确实，作为一座城市，济南除了一个趵突泉，实在没有什么值得说的。但"所谓故国者，非谓有乔木之谓也，有世臣之谓也"，我之所以一毕业就顺理成章地留在济南，正是因为济南的人。

说起济南人，自然是众说纷纭。在这儿我只说一句济南人的口头禅，大家就会对济南人有一个直观的了解。

这句口头禅就是："你别管了。"

这四个字要分析起来，有很多种意思，但在济南人的嘴里只有一种意思，就是"让我来""交给我，你就放心吧"。再加上济南人那种爽快的口音，透着一股让人浑身舒坦的热情和豪爽。

这句口头禅几乎在任何一个场合都可以听到，比如你拿着很多东西打车，的哥在你面前停下，噌地钻出来，喊一声："你别管了!"

然后就三下五除二地帮你把大包小包全塞进车里，那气势恨不能把你也抱起来塞进去。

比如你去买衣服，试了半天还是没看中，正不好意思地想怎么跟热情的老板娘开口，谁知人家老板娘毫不介意，喊一声："你别管了!"三下五除二就把散乱的衣服收拾好了。

再比如你去小吃店，刚点完菜，老板就喊一声："你别管了!"等你找个地方刚坐下，你要的菜已经端到桌上了。

我经历过的最绝的一次是有一天我去一家快餐店，刚一进门，就听性急的老板冲我喊："你别管了! 你别管了!"我一愣，我还没说吃什么呢，你就让我别管了？看老板急匆匆的样子，我也没答话，就乖乖地坐在旁边看着他。老板拿着盘子，看看菜，又看看我，看了几个来回，终于忍不住问："你想吃个什么？"我连忙站起来，指了指想要的菜，老板眼角一瞥，又喊了一声："你别管了！你别管了！"

济南人的这种热情，可能会让一些初来乍到的外地人感觉不适应，但这就是济南人的性格。山东大汉身上那种几千年积淀下来的热情、豪气、敢担当、替朋友两肋插刀，在济南人身上体现得淋漓尽致。你适应也好，不适应也好，喜欢也好，不喜欢也好，都改变不了济南人那句豪气干云的口头禅——"你别管了！"

济南人的这种性格也体现在城市建设和宣传上。其实济南还是有很多值得大书特书的人文资源的，宋朝最有名的四大词人中济南就占了两个——李清照和辛弃疾，但我在济南生活了十几年，几乎没见过有哪个济南人、哪家济南媒体向外地人介绍这两位的。在济南人的心目中，好像这两位中国词坛占据巅峰位置的大词人跟他们没一点关系。这在全国各地争古人、争名人的热潮中，显得淡定得一塌糊涂。

类似的例子还有大明湖。老实说，我知道大明湖，也是从《还珠格格》开始的。那句"大明湖畔的夏雨荷"感动了无数人，但我直到现在还经常怀疑，济南的这个大明湖真的叫大明湖吗？怎么这么多年来一点借机宣传的动静都没有？

也许，这就是济南人的性格，任凭外界如何叫嚣，如何光怪陆离，济南人都不在乎，他们要的不是眼球经济，而是实实在在的生活。不管是李清照、辛弃疾，还是夏雨荷的大明湖，都赶不上用泉水泡上一壶茶来得更惬意。在他们看来，所谓的历史传承、文化传承，都不过是靠古人、名人吃饭的借口而已。在这个大舜耕过地的地方，秦琼练过武的地方，李清照、辛弃疾写过词的地方，人们敬仰他们，但从不靠他们吃饭。

以前，我跟人介绍济南的时候，介绍过"四面荷花三面柳，一城山色半城湖"，介绍过大舜、秦琼、房玄龄、李清照、辛弃疾、张养浩，介绍过趵突泉、大明湖、千佛山，介绍过泉城广场、东荷西柳，介绍过巩俐、张海迪、韩美林、武中奇……介绍所有外地人感兴趣的人和事物，却唯独没有介绍过这座城市的普通人。

或许，这也是很多现代人活不明白的一个原因：只关注那些吸引外地人的东西，却忘了自己的生活。从今天起，再介绍济南的时候，或许该改成这样一句话："像一个济南人那样活着，不累。"

与一座叫重庆的城市艳遇

◎ 徐凤文

重庆是过去一年中最引人瞩目的中国城市之一。

世界是平的，脑壳是方的。在引人瞩目的"薄王事件"之后，曾经令人侧目的这座西部大都会又恢复了往日的宁静与喧嚣。

即使没有轰轰烈烈的"红与黑"，重庆在我去过的所有城市中，也是最"喧哗与骚动"的一座。

"从前有座山，山上有座城；城里头没的神，住了一群重庆人；男的黑耿直，女的黑巴适；火锅没的海椒，他们从来不得吃……"

这是一座随时能让你感受到热辣辣的喧嚣气息的城市。满是海椒的火锅里翻滚着毛肚、鸭肠，解放碑前浮华、媚俗的场景让渴望打望美女的人眼花缭乱，街道上随处可见精瘦而敏捷的"棒棒"在等候生意，出租车司机对着台子跟兄弟伙商量交了班是去黄桷古道还是南山温泉，一旦你走入夜晚的老巷子，还能看到久负盛名的重庆美女在夜啤酒、老火锅摊前热辣辣的动人表情，更能呼吸到一种独属于重庆的麻辣市井味道。

一

以色列作家阿摩司·奥兹说："这不是一座城市，只是一个幻影。"我不知道我遇见的这个城市是不是一种幻影，但这座叫重庆的城市确实具有一种奇幻乃至魔幻的气质。

2012年，曾经在重庆涪陵生活过一段时间的美国人何伟写的《江城》一书风行一时。

其实，早在2007年，我在重庆工作期间就读过这本书的复印本，总觉得重庆是放大了很多倍的涪陵，而且比涪陵更魔幻，更有故事：上天独宠重庆，两江环绕，有山有水，山城临江而立，山上有城，山外有山，景色分外魅惑。整个城市像是一座巨大的山岩，无数建筑层层叠叠地绵延其上，一幢幢高楼大厦参差不齐地矗立在连绵的群山之间，仿佛一幅充满魔幻色彩的3D画。

从空中俯瞰重庆，不管是西北部的浅丘还是东南部的大山，都顺从地向两江河谷倾斜。向云雾迷茫处望去，山脊若隐若现，成片成片的梯田像是片片在山上，像极了重庆的本地名菜"烧白"。两江之间的渝中半岛看起来像一个横写的"V"字，而朝天门则像舌尖一样吮吸着千年流淌着的浩荡江水。

或许，你还记得电影《疯狂的石头》里的过江缆车。在重庆乘坐轻轨、出租车和过江缆车时，总有一种吃着火锅、唱着红歌、穿越时空的奇幻感觉。当单轨列车在江边行进时，忽而钻进住宅楼群中，忽而在江边的悬崖上疾驰，一路山、河、楼、洞、溪、城市及人家一一在目，如过山车一般，充满了奇特的魔幻意象，像极了《第五元素》和《黑客帝国》里的惊险画面。而每次来重庆，我都会把这三种交通工具轮番体验一遍，一下子就能找到上天入地的奇幻感觉。

这是属于重庆的地理奇观。写于晋朝的《华阳国志》里如此描写重庆主城："地势刚险，重屋累居。"虽然吊脚楼早已消失，但时至今日，还可以在重庆的下半城看到很多梯上坎下的老巷子。穿行在狭窄的山城步道上，无论是俯瞰还是仰视，随时可以看见各种不同于其他城市的地貌景观。

2007 年，地产服务商王志纲在朝天门重庆规划馆的一次对话中称"重庆是一座不适宜人类居住的城市"，其实，这并不是新发现。1942 年 9 月 25 日的一个早晨，费正清乘美军飞机从昆明北飞。在这位"中国通"的眼中，重庆"为人类居住，十分不幸，因为没有平地，要在城里往来，得像山羊一样忽上忽下"。

从陪都时期到"薄王事件"，半个多世纪以来，访问过重庆的外国人惊讶地发现，要找到一个比重庆更拥挤的城市不太容易，当地居民从来都是忙忙碌碌、脚步匆匆。令人困惑不解的是，无论是过去还是现在，外国观察者何以不约而同地得出同样的印象：为什么重庆人如此急躁？是什么东西让他们耐不住？

二

一位来自北京的记者曾说，重庆像是掰开揉碎了的北京。

重庆人民广场有座始建于 1951 年的人民大礼堂，从外观看像放大了的北京天坛，霸气极了。

在民间层面上，有关北京和重庆之间的联想远不止于此。有人戏谑地评价这两座城市：一个是天子脚下，一个是老子最大。在电影《疯狂的石头》中，重庆崽儿把 BMW 改成了"别摸我"，让北京人见识了"重庆言子儿"的神采。但与北京人先天的优越感不同，具有"草根"气息的重庆人骨子里谁都不服。虽然重庆人尊称别人一律为"老师"，但在一些私人场合，即使是那些重庆美女也会一口一个"老子"，让外地人听了煞是奇怪。

如今，到解放碑打望美女已经成了许多外地人来重庆的一大功课。很少有人知道，解放碑是为了纪念抗战胜利而建的。抗战伊始，重庆这座偏居西南的山城一跃成为战时中国的陪都，在这里发生的一系列历史事件改变了此后中国的命运。

纵观整个 20 世纪，重庆可能是中国变数最大的城市。从战时首都到民国陪都，从解放初期的中央直辖市到四川省辖市，从计划单列市再到中央直辖市，这一系列令人目眩的角色转换使得这座城市的命运永远充满悬念。

同为直辖市，重庆不同于上海和天津之处在于它是"直辖市的牌子，中等省的架子，单列市的底子"。相对于位于沿海的上海、天津以及疑似"内地"的北京，重庆更像是中国的"腹地"。而在相当长的一段历史时期内，重庆的发展犹如梁启超所说"其进步又非为一直线，或尺进而寸退，或大涨而小落"。直到1997年"直辖"以来的十多年，才有了改变命运的转机。

或许是被压抑了太久，这个喜欢高呼"雄起"的城市有着强烈的自我表现冲动，时而铿锵有力，时而扣人心弦，时而喧嚣热闹，时而耸人听闻。

三

打望重庆，看过了解放碑的美女，你一定要去十八梯走一趟。

在重庆的时候，周末的早晨，逛完中兴路旧货市场后，我最喜欢漫无目的地在十八梯的老街上游荡。十八梯是另一个时间里的重庆生活，是城市平民的固定聚集地。如同巴县衙门的老火锅店、枇杷山正街的小酒馆以及四川美院门口的涂鸦街一样，充满了重庆时间里的独特味道。这个连接重庆上下半城的地方原为贩夫走卒聚集之地，在距离繁华的解放碑、校场口咫尺之遥的地方，似乎依然保留了一个世纪以来重庆市井生活的真实状态。

如同上半城和下半城的地理划分，如同火锅中的红汤和清汤，如同美女与棒棒，重庆是中国城市中"二元"结构最混搭的地方之一。而历史在演进中塑造了重庆人的性格：坚忍中有几分乐观，爽直中带几分鲁莽，热情中有几分狡黠，幽默中有几分土俗，认真中有几分滑稽，闲逸中有几分喧哗，凝重中有几分急躁，火爆中有几分冷漠，阔大中有几分促狭，宽容中有几分排外，摩登中有几分乡土。

或许是由于自然环境太过恶劣，这座城市具有一种超现实的魔幻主义气质。多年以前，从香港来的一位教授评价说：重庆人具有强烈的自恋情结。也有人说，这座喜欢面向朦胧未来的城市对自己历史的"保护性遗忘心理"，是在潜意识中向北京、上海、香港等国际性大都市看齐。

这里有句俗语叫"雄起"，这里的哥们儿叫"兄弟伙"，这里父母不喊"女儿"喊"妹儿"，这里的帅哥都叫"崽儿"，这里的人们很喜欢耍，吃起喝起抽起唱起还要"耍朋友"，这里的女孩喜欢大声喊"安逸""遭不住了"……

和这样一座城市艳遇是可遇而不可求的：在人民广场上看声势壮观的坝坝舞，在北碚金刚碑村里寻访消逝的繁华，在巴县衙门的火锅店里吃九宫格的老火锅，在磁器口的江边竹亭里吃沸腾的水煮鱼，在弹子石迂回的山道里寻找虹影小说里的影像……在这个充满了各种欲望声音和丰富表情的城市开始或结束新的一天，或者像香港人正在拍摄中的《迷失重庆》一样，以一种你熟悉或者陌生的方式迷失自己。

在解放西路的一条老巷子里，墙上的青砖刻着"广顺""德顺"等字样。而在一处破旧的木门板上，不知什么人用白色广告色写下这样一行文字："是冰冻的时分，已过零时的夜晚，往事就像流星刹那划过心房。灰暗的深夜，是寂寞的世界，感觉一点点……"在这一瞬间，夜色慢慢降临，这个"喧哗与骚动"的城市正在走入她晦暗、古老、静态、妖娆的时间之中。

我知道，我正在遭遇一场叫作重庆的艳遇。

当年那些走街串巷的吆喝声和每一个相熟的街角，

一直生长在我的记忆之中，

日益清晰。

锦绣河山万里 /

拧巴的故乡

◎ 樊北溟

一

　　在我的印象中，满洲里是一座非常拧巴的城市，文艺点儿的说法是"鸡鸣闻三国"。关于雄鸡一嗓子究竟能嚷亮几国的黎明这种问题，我无法给出确切的答案，但是在满洲里的街头，你确实既可以见到虎背熊腰、留着寸头、穿紧身黑 T 恤、戴金链子的东北人；也可以邂逅金发碧眼、身材曼妙的俄罗斯少女；更可以与身材臃肿、每走一步全身脂肪都会剧烈抖动的俄罗斯大妈擦身而过；还可以遇见走路左右摇晃、颧骨泛着红光的蒙古人。当然还有遍布全国各地、自带语言隔离系统的温州商人。

　　人群熙来攘往，都是为利而来。满洲里因贸易而兴。有史可查，1911 年，横扫东北的大鼠疫正是爆发于满洲里。彼时这里的人们就开始做貂皮、獭兔皮生意。为了追求暴利，商人们肆意屠杀动物，随意丢弃动物的尸体，造成了鼠疫病毒的大范围蔓延。然而历史沧桑浩荡，百年短似一瞬，如今鼠疫早已被人类消灭，但貂皮贸易依然红火。

满洲里地处边境，从北京开往俄罗斯的 K20 次国际列车要经这里出境。在广袤的蒙古高原上，中俄两国的国门遥遥相望。特殊的地理位置，既造成人员流动巨大，又带来了文化的碰撞和融合。经过长期的沉淀，满洲里形成了极具特色的地域文化，是典型的跨文化研究样板。

走在满洲里的街头，你会看到店铺的招牌标有中、俄、蒙三种文字，而且通常以俄文为主体。店铺的售货员可以用流利的俄语忽悠你，也可以用纯正的"大碴子"味儿的东北话将你挽留。街边的建筑，有装着钢窗、外表灰蒙蒙的北方楼房，有带着宽阔院子的平房，也有黄灿灿的由松木搭建而成的"木刻楞"（俄罗斯族民居），以及带有宽敞大楼梯的俄罗斯建筑。当然，也少不了草甸子上散落的、牧歌般诗意的蒙古包。

建筑之外，此处的饮食也独具特色。在满洲里，你既可以吃到二人转中唱的"林妹妹，猪肉炖粉条子你可劲儿造"的正宗东北菜，也可以尝到膻味重得能把人撂一个跟头的蒙餐，还可以尝到"战斗民族"热量奇高的食物。东北大炖菜是满洲里最受欢迎的平民美食，而俄餐和蒙餐，大家往往只是尝个新鲜。内蒙古的蒙餐除了手把肉、煮羊杂、烤全羊、奶食外，更常见的是风干肉手擀面和馅饼（馅饼一定是全肉的，即使有菜，也只能是剁碎的大葱）。如果这些你都觉得"腻"字当头，那一定是没吃过蒙古国的蒙餐——黄油、朱黑、西米单、无糖酸奶，以及咬一口就能让你蹿出半米远的"死面"布里亚特包子，怎一个"腻"字了得。"战斗民族"对于饮食更是随意，俄餐里最常见的是硬到可以拿来敲钉子的大列巴（面包）、粗过大擀面杖的肉肠，以及甜到忧伤的各式果酱。

饮食之外，在满洲里，看病和洗澡也很特别。满洲里有家中蒙医院，我吃过这里的蒙医开的胃药，药粉辛辣灼热，里面还配有小石子。想来这一定是大夫从家禽界得到的珍贵启示。我还听到过更可怕的说法："有胃病吗？吃三年羊油自然就好了。"羊油凝固点高，莫说吃到胃里，就是粘在锅上，都会让刷锅的人觉得厨房受到了羊油的诅咒，怎么洗也洗不干净，用来保护胃黏膜，或许真的有用吧。偏方只能偏信，我最终也没敢尝试。

三毛有一篇文章《观浴记》，讲她在撒哈拉偷看非洲人洗澡，颇为新奇。如果你有一颗猎奇的心，大可不必迈出国门，远渡重洋，在满洲里，就可以看足热闹。在高寒地区，洗澡洗的是迷蒙一片过后，眼前白花花的气氛。所以满洲里的澡堂子格外多，且是作为重要的社交场所出现的。更有趣的是，在这里你可以与各种肤色的人坦诚相见，还可以体验不同的洗澡习惯。北方人洗澡讲究"搓"，通常要花钱请人来搓；俄罗斯人洗澡在"搓"的基础上，增加了"蒸"和"拍"。所以在满洲里，即使是最廉价的浴池，里面也会有一个用木头搭成的汗蒸房，而且卖搓澡巾的地方，还会卖桦树的枝条。汗蒸房里一般会摆一盆烧得滚烫的石头，拿冷水一激，便会升腾起巨大的水汽。俄罗斯人在木头凳上或坐或卧，以桦树的枝条拍打身体，据说这样可以加速血液流动，有利于排汗。

二

我对于满洲里的印象，止步于片段式的童年记忆和数次返乡的观察。

满洲里是一座有着百年历史的小城。说它小，一点儿都没委屈它。记得有一次上学出门晚了，眼瞅着校车从院子门前开过，我也没急着追，背着书包慢悠悠地从二道街走到三道街，正好赶上校车。满洲里从南到北只有六条街道，出租车无论怎么跑，都是一个价。夏天站在坡路的制高点，便可遥望城市周围绿绿的草原。如果赶上没有风沙的初春，还能在料峭的寒冷中瞥见远山上的残雪。因为本地人口少，所以走到哪儿都有熟人。无论是去粮店打酱油，还是去食品厂买发糕，又或者是去门口的小卖部批发两件啤酒，自己的脸就是一张 VIP 卡。莫说打折优惠，便是赊账"先拿去用"也是常有的。在这里，夜不闭户不只是理想，"月亮走，我也走"也不只存在于诗意的童话中。

　　可是这几年，我觉得故乡越发拧巴起来了。近几年来，呼伦贝尔旅游大热，为了迎合游客的喜好，市区里新建了许多人造景点。有几层楼高的巨大套娃、不符合大众审美的雕塑，更将所有的楼房涂抹一新，按照俄式风格生硬地给每栋楼安了个尖尖的房顶。虽然在这些景观的装点下，雪后的满洲里宛若童话世界，但到底让人觉得不自然、不舒服。在这些人造景观的喧闹之下，原本作为城市制高点的海关大钟，作为地标的中苏友谊宫（因地处中心商业地段，已拆除）、苏联烈士陵园，反而显得黯淡无光了。

　　昔日的小城没有林立的高楼，没有新奇的雕塑，也没有熙攘的人群和繁华的商业街，可是当年那些走街串巷的吆喝声和每一个相熟的街角，一直生长在我的记忆之中，日益清晰。

　　因为自己生于边陲小城，所以对其他的边境城市也总是怀着深厚的感情。曾经特意去了图们、汪清、丹东、集安，它们与我生命里的那座小城那么相似，又永不相同。可是时光残酷，故乡在远去，故人也在飘零。

　　记得小时候围在花池边玩耍，丁香树上开着淡紫色的花，高贵又美好。我妈望着丁香树叶对我说："你去找找看，有没有哪两片树叶是相同的。"我苦苦寻觅了很久，直到天黑也没找到。如今我依然在时光中苦苦求索，才发现，世间也永无第二个故乡。席慕蓉在诗中说："用沉默去掩埋一生的错愕，用漂泊来彰显故乡。"故乡就是用来怀念的。我怀念那个既能让我在大煎饼上写信，又能在桦树皮上抄诗的、拧巴的故乡。

　　在我的记忆深处，铁轨上的清雪工，依旧从容地来回推着厚重的雪；路边的松树、白杨，仍然顶着沉重的树挂，有如千树芬芳的梨花；冬天早上八点钟起来上学，天漆黑一片，笨拙的桑塔纳，正打着昏黄的车灯缓缓向前滑行；北湖湖面上，为做冰雕运来了一排排巨大的冰砖；踩在脚下的碎雪，仍然吱呀作响。我怀念小学走廊里，宽大的楼梯和班级门外挂得满满当当的外套；怀念树寨两旁摆成的金字塔形的雪堆和还没铁锹高的我随班级在马路上铲雪时铲出的点点火星；怀念小饭馆土炉子里兀自燃烧的木条，旱厕门前摔不完的屁股蹲儿，以及自己手中永远不听话的冰嘎（陀螺）……

生活不在别处

◎ 浅白色

长沙城

地图上湖南的轮廓像姑娘的侧脸，长沙便是这姑娘耳上的云鬓。这座古城就如一把浓密而轻柔的黑发，既有时间沉淀的质感，又散发着新鲜的生命光泽。

这座城并不大，但老长沙的古朴沉静和新长沙的灵动喧嚣如一张细密的网交织着。

长沙有许多色彩鲜明的标签：红的火宫殿、绿的湘江岸、橙的"芒果台"……而这些都只是她黑发上色彩各异的装饰，没有哪一件能够完全概括她。

路过长沙的旅人们眼中各有各的风景：有人见到的是橘子洲那璀璨的焰火，有人见到的是五一大道上熙熙攘攘的喧闹繁华；

有人看过解放西路一间间酒吧门外的迷离夜色，有人踩过湘江对岸林荫间静静漏下的月光；有人爱上了湘菜馆里的剁椒鱼头，有人沿着街边小摊寻找最美味的糖油粑粑。

奇怪的是，长沙虽色彩斑斓，你身处其中却永远不会感到迷失。长沙是一座没有漂泊感的城市。她自古便丰饶安宁，建城3000年来，城址未曾变更。时间一层一层垫厚了城市的记忆，那深厚的踏实感一丝一缕渗透进了所有长沙人的血液里。生活就这样以舒展的姿态，按部就班地次第铺陈开来。

不久之前，我曾读到过一位豆瓣友邻的长沙印象："黄兴路上走着窈窕背影，中山亭下立着商贾人家；化龙池那儿歌舞升平，太平街里碎梦空花；岳麓山上长着清远，文庙坪里住着年华；远道回家，你以为她忘了你，其实是你忘了她。"

在我们长沙人眼中，这熟悉的风景便是生活原本的姿态——"云鬟绿，醉颜酡，笑捻浮丘袖"。除此之外，这座城是"淡妆浓抹总相宜"也好，"横看成岭侧成峰"也罢，不过是一个说法。与其纠结该找点什么为自己生活的城市代言，不如考虑考虑今天做菜哪个带盐。

长沙话

长沙方言很妙，轻声细语说起来特别温柔，放大嗓门却粗鲁得很。在这退可娇憨进可泼辣的语气之间，还别有一种略带戏谑的喜感。长沙话的词汇更是生动欢乐，一本正经地讲起来效果都如同情景剧，比如勉强叫"霸蛮"，开玩笑叫"逗霸"，丢人叫"拌矮"，胡扯叫"七里八里"，脑子短路叫"拌哒脑壳"。

又比如"熨帖"，长沙话读作 yu（二声）tie，意思是"妥妥的"。心情犹如被熨斗熨得平整服帖，还有什么更让人舒服快乐的事？

当你回家在路上塞车一小时，终于畅通的那一瞬，熨帖。当你深夜饿了，竟然能约到同样没睡的朋友一起去楼下吃烧烤，熨帖。当你终于下决心把杂乱了整整一季的衣柜整理好，熨帖。当你熬夜数天完成工作后终于能迎来一个睡到自然醒的早晨，熨帖。

"熨帖"是种很微小、很具体的快乐。成天把"熨不熨帖"挂在嘴边的长沙人，对生活所抱有的期待无非就是这两个字。有太多事是我们急不来的，而一刻的熨帖却是随时随地都可以感受到的小幸福。记得前不久的某天，下班高峰时段正逢暴雨导致积水，先生和我困在市区没法回去。先生开了收音机听路况，在若干个打进电台的电话里，有一位大叔欢快地说着一口长沙普通话："营盘路走不了咧，我们全都卡在这里。反正动不了，就开开车窗吹风，外面终于凉快了，好熨帖！"

我曾看过一部叫《晚安好梦》的电影，片尾有这样一句话："就像闪耀在彩虹尽头的那小小的一把金子，你知道它是不存在的。但能够相信它的存在是件美好的事，因为它给了你可期盼的方向。"

如同"熨帖"一样，长沙话里没有什么太大、太美的词汇，有的只是通俗的、直白的、市井的诙谐和豁达——说彩虹尽头有金子，那是逗霸，可这不妨碍我看着彩虹好好熨帖一下。

长沙人

长沙人的乡愁在胃里。

这些年，这座城市的样貌日新月异，几乎每一天都有曾经熟悉的景物在悄悄消失，又有新的景物无声无息地出现。当狭窄的老街和旧砖房的轮廓在人们的记忆中逐渐消解时，那些迁了又迁的老店的味道就成了我们唯一保存完好的回忆。

北岛在《纽约一日》中写道："重新构建时间是一种妄想，特别是细节，作为时间的形态，它们早已消失。"

所幸长沙人鲜少为一些看不见摸不着的情绪而伤感。即使旧时楼下的小店搬到了数十公里外，也不过是一趟车的距离。对我们而言，所谓的幸福感便是生活中没有比吃更大的事。胃的记忆无时无刻不在为我们绘制自己的城市地图，熟悉的味道在哪里，心安之处就在哪里。

记得某次旅行，清晨听着海浪声醒来，拉开窗帘面朝宝石般蔚蓝的大海，在拂面而来的海风中，我由衷地感叹："此情此景，真想吃碗肉丝粉啊！"

　　我与很多生在长沙长在长沙的同辈人一样，关于清晨的记忆总是从家门外某处早餐店或早点摊开始的。那欢快又嘈杂的声音夹着香味，不紧不慢地融入清晨的空气，如重奏一般每天准时响起。相熟的邻居和不认识的路人在同一张矮桌边相邻而坐，低下头时几乎可以碰到对面人的额头。圆的、扁的米粉在大锅里翻转着，沸腾的水蒸气卷着上下起伏的大漏勺，站在正面都看不清楚师傅的脸。锅边的灶台上无一例外整整齐齐地码着调好了油盐酱醋葱花香菜的大空碗，一勺不浓不淡的骨汤下去，碗底的料开始热烈地翻腾，立即跟汤滚作一团。此时师傅一抬肘，翻转漏勺，将煮好的米粉滑入碗里，半滴汤也不漏，这才抬头问守在台边等着的你："要肉丝还是牛肉？加个虎皮蛋不？"

　　一碗好吃的粉讲究汤、料和火候，而一碗诱人的粉拼的则是"快到碗里来"的过程。师傅手生，围观群众免不了兴味索然；师傅一勺定音、例不虚发，前来排队的都会比别处多。这勺起勺落之间的仪式感早已成为早餐的乐趣之一，排队等着的自是不会急吼吼地催的。在食物跟前，我们长沙人向来心有大自在——有的吃是快乐，等着吃也是快乐。吃一碗米粉只要十分钟，多等一分钟不就相当于多享受一分钟！

　　这份对吃的感情不是一锅热情而急躁的沸水，而是一壶浓淡相宜、恰到好处的茶。它是会传染的，从食物慢慢扩散到生活中的大小事，从土生土长的长沙人传染到外来的客人身上。

　　上大学时学校里有个澳大利亚外教，初到长沙那半年天天背着个大书包，里边装着一把伞、一件毛衣和一件薄外套。有人问便答:"长沙的天气真 crazy,万一上着课忽然变天了怎么办?"我们也乐得逗她:"变天怕什么,再等一会儿说不定就又变回来了。"

来长沙的第二年,外教姑娘终于也被我们传染了一股不着急的精神,不仅大书包不背了,还像模像样地学起了长沙话。有一次我们外出购物,回来时遇上堵车,出租车师傅习惯性地回头安慰道:"妹子莫着急啊,每天这个时候都要堵一阵的。"还没等本地姑娘们回答,她先一本正经地说起了半生不熟的长沙话:"不急咧,师傅你继续讲笑话撒。"

出租车师傅们是长沙最有趣的人群之一。本地人上了车,他们跟你聊城中大小事、讲段子;遇上初来乍到的外地客人,他们则主动充当导游,一路从美食美景聊到历史典故,地图上长沙的轮廓立刻生动鲜活起来。

去年冬天一位好友来看我,我们穿过大半个长沙去东风路吃烧烤,经过天心阁时,师傅随口一提,她便趴在车窗上好奇地探头看:"这就是太平天国时候的古城墙?"

师傅眼见路口绿灯差不多了,干脆地踩一脚油门,拐过弯,不以为然地答道:"哪有么子好看的,萧朝贵都没打下长沙就死了。这就是个小公园,要看就去博物馆看女尸!女尸离你们吃饭的地方好近咧!"司机师傅可比导游强多了,还自带景点筛选功能。

好友是学历史的,早就念叨着要看马王堆汉墓出土的女尸,这下来了劲，跟师傅聊完女尸又问起还有什么好看的。师傅得瑟起来，还卖关子，问："妹子，你晓得贾谊是哪个不？"

李商隐有首诗："宣室求贤访逐臣，贾生才调更无伦。可怜夜半虚前席，不问苍生问鬼神。"说的就是被贬为长沙靖王太傅的悲催博学青年贾谊。

次日我带好友逛太平街贾谊故居，她站在院中的碑廊旁感叹道："多好的地方，又远离政治斗争，又能悠闲地做学问，还有这么多好吃的。我要是他才不想回京城。你说贾谊有什么想不开的？"

好在这喧闹的都市中央，贾太傅的故事占不了多少大脑内存。出了太平街口，穿过解放路，沿着黄兴路拐进坡子街，层层叠叠的招牌下就全都是老长沙的美食了。

是啊！天大的事也赶不上胃里的踏实温暖。我们长沙人的幸福感，一直都来自这份闲适与不争。

那些求而不得的梦想永远都在别处，而今天我们只想做一个幸福的人：

喂马劈柴，关心粮食和蔬菜。

面朝湘江，春暖花开。

或许一切事物都如硬币的两面，

广州人看起来笨拙，实际上精明。

豪放是表象，温存是内里。

锦绣河山万里 /

广州的温存

◎ 王　路

　　胖室友在我身后讲电话："猴啊猴啊猴啊，海啊海啊海啊。"电话打了 5 分钟，有 3 分钟是在"猴啊""海啊"之间来回切换。那是 2004 年，我第一次到广州，后来才知道那是"好啊"和"是啊"的意思。打完电话，他扭头问我："姜艺谋的《英丛》你看了没？"

　　我没有语言天赋，2011 年离开广州时，也只能把 3 个粤语词语讲标准：一个叫"猴赛雷"（好犀利，意为厉害），一个叫"毛阿雷"（没压力），一个叫"桑木黑"（伤不起）。广东人不仅讲普通话有口音，连英文发音也不大一样。字母 G，北方人读作"季"，广东人读作"车（ju）"。胖室友说："我的硬盘有两个'车'。"我说："我的硬盘有两个马。"

　　虽然讲不来粤语，但粤语歌我还是超喜欢的，像陈奕迅的

《富士山下》，王菲的《约定》，粤语版的意境似乎更贴切些。

广东人精力旺盛，好比 4 核的 CPU，8 缸的发动机。从粤语歌曲中就能看出端倪，例如《红日》《皇后大道东》《难念的经》《浮夸》，绝对是鸡血飙满格，能量足炸天。我早些年读诗，读到黄遵宪的诗，拍案叫绝，想知道到底是何方神圣，一查是广东人。武林高手黄飞鸿、叶问自不必提，试看学界的康有为、政界的孙中山、商界的李嘉诚，哪个不是一等一的悍将。

饮食生活

广东文化有三系：广府文化、客家文化和潮汕文化。广府文化的代表城市就是广州。广州生活节奏快，广州人又充满干劲，同样是五六十岁的人，广州人看起来明显比其他地方的人显老。

但广州人退休之后很会保养，生活节奏就慢了下来。一顿早餐可以从 8 点吃到 11 点，称之为"喝早茶"。

煲一壶汤、煮一锅粥，常常要花好几个小时。除了煲汤，广州的凉茶也很有名。在广州生存离不了凉茶，当地气候湿热，是古时候所谓的"瘴疬之地"，要靠凉茶抵御百毒。凉茶里最著名的是"癍痧"，喝起来极苦，但祛热降火、化痰止咳功效奇好。十多年前北方还很少有凉茶，如也随处可见了。

我一直很好奇广州为什么还有桑拿这种项目。广州的夏天就等于蒸桑拿，整座城市就是个大桑拿房，总也不透气。北京的夏天，一场暴雨过后，总还有些凉意，但广州就算一天三场暴雨，仍然剥不透热气。人就像蒸笼里的包子，要是没有空调，早就蒸熟了。

广州一年有九个月是夏天，三个月是冬天，没有春天和秋天。如此漫长溽热的夏季，吃点儿什么能带来些安慰呢？答案是甜品，又叫糖水。读书时常有师姐晚上十点给我发短信说："我们去小北门喝点糖水吧"，我激动得心里扑通扑通的，心想不就是开水冲点白糖嘛，在宿舍不就泡了？还非得跑出学校喝，况且又这么晚，莫非……出去了才晓得，糖水就是传说中的广式甜点，而且对于广州来说，晚上十点就像早上八九点一样——夜生活才刚刚开始呢。

2011年元旦，我和几个同学一起去"小蛮腰"广州塔参加新年倒计时，花城广场铺天盖地都是人。到了零点，大家才发现都被放鸽子了，并没有什么倒数仪式。随后，我们沿着珠江南岸一直走回中大，江边许多玩轮滑的、耍单车的、弹吉他的、卖冷饮的，好不热闹，当时已过了凌晨1点，这在北京是不可想象的。正因夜生活丰富，广州的24小时便利店特别多，几乎随处可见。

"笨拙"的广州人

北方人初来广州一般都会不大适应，一是水土不服，容易上火；二是不习惯广式的幽默，原因在于南北笑点不同。赵本山的"包袱"戳不中南方人的笑点，他们有自己的喜剧明星，比如黄子华。

　　黄子华的"栋笃笑"在广州、香港一带极为流行，可惜北方人对此知之甚少。据说，周立波在创立海派清口前专程去观摩学习过黄子华的"栋笃笑"。彭浩翔的电影在广州、香港都非常叫座，却并不怎么被北京人看好。北京的文化是高高在上的，每个开出租的师傅都是百科全书兼时政评论员；广州人不关心这些，他们只关心怎么活得滋润，玩得自在。

　　广州人看起来有点笨，死脑筋，不会转弯。比如我的大学同学，广州人，做 PPT 经常逐字逐句地问我妥不妥当，这里是不是要加个"的"，那里是不是要去掉"了"，哪种字体颜色好看等等。这些在我看来全是无关紧要的，可他很认真，每个细节都仔细抠。后来效果一出，把我震住了。

　　我认识的好些广州人都是如此。

　　我想这就像广式煲汤，看起来烦琐考究，如果火开大一点儿，或者省去一两道看似无关紧要的工序，味道就出不来了。

　　或许一切事物都如硬币的两面，广州人看起来笨拙，实际上精明。豪放是表象，温存是内里。在广州，酒桌上一般只喝啤酒和红酒，北方那种把白酒往死里灌的酒风很少见。

　　曾经在我宿舍楼下有两个大块头的肌肉男吵架，骂了足足有半个钟头，可是没有一个人动手。我室友说，这要是在北方，早就打起来了。

温存的城市

这座城市有一种女人特有的温存，不会记得你的坏，只会记得你的好。我读研时曾经在外面兼职代课，有所学校一天付给我800块钱，教务处还给我配了一位助教，每次上课前帮我擦黑板、调试多媒体设备，中午还要带我到办公室休息，很辛苦，可每月只有200块的补助。课程结束后我请她吃了顿饭。过了几个月，她跟我说他们村组织村民去上海看世博会，打算回来带个手信给我。

我问她什么叫手信，她说就是小礼物。

后来我又换了一所学校代课，那里好多学生毕业之后当了导游，经常带团来北京玩。他们来北京约我见面，我却只能找理由搪塞婉拒。因为来北京出差的朋友熟人实在太多了，关系很好的尚且应付不过来，更不用说是仅仅听过我几堂课的学生了。离开广州两年后，有天我收到一条微博私信，只说"不回我你就死定了"，我一看名字，是当时少数从来不逃课的学生之一。我挺感激她，因为那时看着班里大片大片的空座位就像盯着自己大片大片的伤口一样，来了的学生又常常提前溜掉，我心里就会深感挫败，后来经历新书发布会时的冷场都不足以和那时相比。不过我还是没有时间和她见面，而且也明白由于各自境遇、阅历不同，我们之间恐怕也找不到共同的话题好聊，于是只好未予回复，还生怕她要默默记恨我。过了好一阵子，到了教师节那天，却看到她的一条微博："老师，教师节快乐！我已经远离考试了，可是总觉得现在面临的是社会上更严峻的考试……"

　　我在广东生活了6年，有4年是在广州度过的。直至离开，我也没能完全融入这座温存的城市，不过，广州却给我留下了不可磨灭的印记。如果你问我那些印记在哪里，我无法从内心深处把它们一一发掘出来。可是，你看此文开头的第一句话，我本来一直说"打电话"的，可一不小心，就说成了"讲电话"。

云下的日子——厦门

◎ 玛雅绿

　　清晨的海边，三十来个小孩占领了一大片沙滩，搭了迷彩帐篷，还有绿色的盾插在沙滩上，是某个夏令营吧。小孩们已经热得头发都湿漉漉的了，男孩子只穿着短裤奔过来跑过去，女孩子的刘海全紧紧地贴在脑门上。

　　不远处，拍婚纱的一队人马站在粉色夹竹桃旁边，新人倚在栏杆上摆姿势。长长的咖啡色木栈桥上偶有环岛骑行的双人自行车驶过，后座上戴墨镜和大檐帽，背单反相机的长裙姑娘心情应该很不错，因为那个前座上的男孩在满头大汗"嗨嗨嗨"地蹬自行车。

　　我看得入迷，忘了自己是带了拌米粉来海边吃的，一不小心抖翻了塑料袋，汤水全洒到裙子上了，酱油色配白色，只好赶紧将污渍处揪起来挽个结，一边短一边长地去海里，试试能否洗得掉。然后呢，在沙滩上松松脚指头。

浪花一朵朵，但是好安静。头上大朵大朵的云，真像棉花糖的大派对。

现在是厦门最热的季节。

寻常生活

足够的湿度和适宜的温度让这个城市一年四季都枝繁叶茂。尽管在最潮湿的 3 月，你需要忍耐每天都能压出水来的地板和很有可能发霉的被褥，春节前后必须接受穿羽绒服才能度过的雨后湿冷，除此之外一年中大部分时候都还算舒适。

倘若你只在厦门的思明区内生活出行，那么它与你想象中的海滨小城是一致的。

长满夹竹桃的美丽环岛路、演武大桥附近的厦门大学、殖民时期的老建筑骑楼、最接地气的老社区，还有著名的鼓浪屿，坐着轮渡一会儿就上岛了。

但在思明区外呢，若想延续慢节奏悠闲小城的意境，就没那么容易了。它的节奏没有想象中那么慢，但也不是你经历过的那种快节奏。它也有现代的商业区，高楼大厦也是鳞次栉比，快速公交会在头顶的高架桥上飞驰，下班高峰也会堵车，接近工业区的话，城市环境也有让人不敢恭维之处。任何现代城市有的东西这里一点都不缺。

就连春季北方的沙尘暴，有时也会随气流刮到厦门甚至台湾的上空。台湾人很幽默，说终于闻到了故土的味道。

若论厦门的房价与消费水准，其实也不低，普通人的生活压力没想象中那么小，所以流动人口所占比例也没有一线城市那么高，福建本省人占大多数。

厦门一直都是让人心心念念放不下的城市。

即使昔日的小渔村曾厝垵已经成了遍地家庭旅馆、祠堂变咖啡馆的地方，但不妨碍每个人都可以去吹吹曾厝垵自由的海风，也可以在妈祖生日时听听老戏台上的戏班子唱唱《风流皇帝》；即使厦大已经变成了半个旅游胜地，但对生活其中的学子的读书、谈恋爱也没什么影响；即使香火不断的南普陀寺每日人来人往，门槛都要被磨平了，但那里的佛学院依旧保持良好传统，好学的僧侣衣袂飘飘，总去大学旁边的书店看书买书。

无关生意的地方，厦门依旧很好。

植物园的草地上依旧有母亲推着婴儿车踏着红色的木棉花散步；废旧的铁道旁依旧有老厦门人摇着扇子纳凉聊天；山顶的小公园，早晨依旧有人在练太极拳；中华老社区的市井百态依旧很鲜活；喝功夫茶的人依旧不介意一个烂板凳坐一上午；卖豆腐脑的大叔和卖烧仙草的小姑娘都很客气；出租车司机会给你讲讲金门岛什么样；常去的餐馆老板一定记得你最爱吃干笋炒肉；卖枇杷的人不会少秤，要下雨了，卖木瓜的大娘会多给你个木瓜；顶沃仔的那家咖啡馆无论什么时候去坐坐都很舒服，地板上有一面透明玻璃，还能偷偷看到楼下服装店的姑娘。

中山路老虎城背后的小巷子里有一家不著名的卤面店，汤汁绝美，比月华沙茶面有过之而无不及；莲花公园附近一条难找的路里有家私家厨房叫草根堂，其米酒好喝得不得了，是朋友聚会的好去处；在离它不远处，有一家做姜母鸭的店，味道也很好；中山公园西门附近有好多梧桐树，那片都是老房子，有家小门脸卖土笋冻，吃起来很过瘾，芥末味直达天灵盖，是很奇特的体验。

就是这样一个城市，让人恋恋不舍。

鼓浪屿的无奈

如果看到过如上那么多面的厦门后，就不免会为匆匆游人惋惜，他们眼中的厦门无外乎环岛路、鼓浪屿、厦大、南普陀、中山路——它们只不过是厦门的一面而已。

这些地方里，被关注最多的当属鼓浪屿。在老一代人眼里，那里有舒婷，有林语堂，有乡愁，人们唤它是"琴岛"；在新一代人眼里，鼓浪屿是"张三疯"，是"赵小姐"，是"Babycat"，是文艺小清新的地标。

2009年的时候，岛上的泉州路上还极少有店铺，只有一两家旅馆，尚可安安静静地四处游走。待到2010年，整条路已经都是文艺清新小店铺，开着绚烂三角梅的墙角霸道地出现了霓虹灯。

岛上出现越来越多有"调调"的家庭旅馆、咖啡馆、杂货铺，每一家都有猫，每一家都有明信片。看上去都很美，但扎堆就会闹得慌。

岛上著名的娜雅家庭旅馆已开疆拓土，将版图扩大了几倍；"张三疯"的奶茶卖到了20多块一杯，旁边还开了一家"潘小莲"酸奶店；赵小姐的店里笔记本卖得飞快；Babycat的私家馅饼已经是上岛游玩的默认伴手礼……

当地小吃诸如海蛎煎、鲨鱼丸汤、土笋冻等，生意也是好得不得了。猪肉松、鱼肉松，游客都是一打一打买。水果摊上的红色莲雾在北方游客眼中很新鲜，一人一串，咬到嘴里发现味道也不过如此。

每逢节假日，网络上都会出现鼓浪屿人潮汹涌的照片，每次都会迎来相应调侃："哇，会不会把岛压沉了啊！"

调侃归调侃，鼓浪屿依旧在飞速变化。本岛居民越来越多地迁到岛外，因为除了越来越吵，就是越来越挤。而店铺房租也飞涨到连馅饼界"一哥"Babycat都难以忍受，公开吐槽，还放弃了原店铺。一部分老房子、老院子被有钱人偷偷买下做私宅，还有更多的老房子被拆掉或改建成会所、酒吧卖红酒。

朋友林征伟是厦门本地人，他很有主意，上大学没多久就退学，选择到鼓浪屿去写生，画那些正在消失的老建筑，一画画了六七年。他笔下的老建筑一栋栋消失了，每次到鼓浪屿他都要先痛心好半天。

上岛后必经的龙头路如今已经是个大杂烩，连云南丽江的披肩花裙都已经批发到那里卖，星巴克、麦当劳更少不了去凑热闹。哪里人多，哪里的人就会越来越多。

游人没空也没精力换个路线走走，很遗憾他们看不到鼓浪屿的背面，那里游人很少，有落到海面上蛋黄一样的夕阳，有古老的码头，有靠岸的小船，有写生的学生，有遛狗的男人，有钓鱼的老人，有归巢的鸟，有爬满了藤蔓的老房子，有路灯下吃饭的一家人，这些情景，没有足够的时间和好奇心是看不到的。

而在这些只有门牌号的紧闭的大门后，中华路 13 号的舒婷大概已经没什么人会去拜访了，漳州路 44 号的林语堂故居也早已荒废，无人光顾，偌大的院子草木丛生，树影斑驳。

其实更有意思的地方，是不收门票的。

文艺厦门

作为一座沿海开放城市和著名侨乡，厦门对于一海之隔的中国台湾与日本文化的吸收也明显多过内陆，所以在创造力方面一直不输北上广。

这些年出现在媒体上的独立家居设计师、服装设计师、插画师、独立杂志创办人有不少来自厦门。而他们在做的事情不仅局限在厦门本岛，通过网络和其他渠道，在任何地方都可以看到他们的动态及最新的作品。近几年，他们的事业发展之快也非常值得称赞。

　　还有本土创意文化公司会将本土文化与现代流行商业元素结合，甚至衍生出一些可供销售的旅游纪念品。

　　细究下来，厦门的种种文艺做派，其实与台湾不无关系。看过海峡博览会就会更深地了解，如今的台湾在生活产品设计理念层面确实超前大陆太多，而厦门因为与台湾的物理距离很近决定了它们之间的交流会更直接。

　　有例为证，台湾慈济基金会在厦门设立了静思书轩，那里的工作人员多是修行人士，以女性为主，个个身姿挺拔，面容祥和，书店里出售很多国学与佛学方面的书籍，除此之外，还有一些创意产品，都是日常生活用品，比如笔、纸、健康素食等。门口的对联写得意味深长："青山而不争，福田用心耕。"

　　也许这对联正如厦门这座城市，它像一个美好的女性，善解人意又不多言，不卑不亢顺其自然，来则迎去不留。

　　它不是只有小清新的云上天堂，它是人间烟火、悲喜冷暖都会有的地方，它是云下的日子，只不过，看你更爱它的哪一面……

真正的冰城人，越冷越爱吃冰棍，

吃完冰棍，两手冻得通红，

便把手往兜里一插，脖子往领子里一缩，

匆匆而去。

锦绣河山万里 /

雪国哈尔滨

◎ 洋 葱

李白写下"地白风色寒，雪花大如手。笑杀陶渊明，不饮杯中酒"的时候，哈尔滨还是一片荒芜之地，1000 多年后，这两句诗却是哈尔滨最真实的写照。

浪漫的雪国

说到哈尔滨，自然离不开冰雪。新年伊始，哈尔滨人过的第一个特色节日就是 1 月 5 日的哈尔滨国际冰雪节。这也昭示着哈尔滨进入了她最美丽的季节，准备迎接来自世界各地的游客。有"冰城"美誉的哈尔滨，最吸引人的就是她童话世界般的风光。每到冬日，异域风情的城市被白雪装点得银装素裹，乍一看还以为是北欧的某个小镇，也难怪哈尔滨入选了"全国最浪漫的十大城市"。

冰雪造就了哈尔滨的美丽，也造就了冰城人的性格。哈尔滨一年的无霜期只有150天，这也就意味着这个城市有超过半年的时间都处在低温甚至严寒之中。不难想象，生活在这里的人有着怎样的坚毅与乐观。

寒冬腊月里，在这个城市最负盛名的百年老街——中央大街上，随处可见脸冻得通红、一边吸溜着鼻涕一边吃着马迭尔冰棍的行人。放心，那一定不是游客。那些帽子、围巾、手套、雪地靴等保暖装备齐全，把自己裹得严严实实，走路腿都不能打弯的才是游客。真正的冰城人，越冷越爱吃冰棍，吃完冰棍，两手冻得通红，便把手往兜里一插，脖子往领子里一缩，匆匆而去。

歌手王菲曾在微博上转了一个笑话："在饭馆要一瓶哈尔滨啤酒，服务员问，您要常温的还是冷藏的？客人说，这大冷天的你还让我喝冷藏的？服务员淡定地说，常温的零下15℃，冷藏的零下1℃。"虽然是个笑话，但也反映出两个事实：一是哈尔滨的冬天的确够冷；二是冰城人都喝冰啤酒。冰城人喝酒豪爽，因为地处高寒地区，喝白酒要喝62度的"烧刀子"，一口下去，能从头暖到脚。

而啤酒，自然是诞生于1900年的哈尔滨啤酒最负盛名，那不仅仅是一种口味，更是一种乡愁。冰城人管这种绿色大玻璃瓶的啤酒叫"啤酒棒子"，无论冬夏，只要三五好友聚在一起，切点红肠当下酒菜，一棒子一棒子地"吹"哈啤，再惬意不过。我的一位大学老师去北京开会，只能带一个背包，里面还装了6瓶哈尔滨啤酒。他刚出火车站，啤酒就被接站的同乡洗劫一空。每每提起这段往事，他脸上总有着"壮士一去兮不复还"的悲壮。现在他调到中央电视台任职了，不知道他是不是会想念"哈啤"，也不知道是不是常有同乡带着"哈啤"去看望他。

就像北京人不会常去故宫一样，冰城人也不会常去冰雪大世界、雪雕艺术博览会和冰灯游园会，即便它们每年的主题不同，花样翻新。冰城人说，那是待客之道，要把最美的景致留给客人，其实，是他们见惯了冰雪。老冰城人是不去冰灯游园会看冰灯的。冬天一到，有情致的人便会拿个"魏德罗"（就是一般的塑料桶，俄语发音类似"魏德罗"，冰城人一直沿用这种叫法，类似的用法还有"布拉吉"，即"连衣裙"，这些舶来语仍然出现在冰城人的日常生活中）盛满水放在室外冻结实，然后将冰坨倒出来凿个洞，放进蜡烛或是彩灯，这就是最原始的冰灯，装饰在自家门口，不比冰灯游园会的逊色。

前几日，哈尔滨连降暴雪，公交停运，私家车开不了，整个城市陷入瘫痪。待雪一停，全民出动清雪，停在路边和小区里的车，是要用铲子挖出来的。挖车扫雪之余，家家户户的门口都站了个雪人。圆脑袋的雪人太常见了，乐观的冰城人凭借着丰富的战斗经验，已经开发出了兔斯基、龙猫等造型各异的雪人，人人都升格为雪雕艺术家。这样一来，还有谁会长途跋涉去雪雕艺术博览会看雪雕？

冰城的热情与包容

20世纪初，俄国人沿着中东铁路而来，留下了俄式西餐，还留下了一丝抹不去的小资情怀。近年来，哈尔滨的特色咖啡店如雨后春笋般涌现。哈尔滨的咖啡店与众不同，店里端盘子的不一定是服务生，也可能是客人。倒不是店员懒惰，而是店主太过热情，遇到脾气相投的，打折免单是常事，而客人们也会冲着这份热情再次登门，有时也会回赠一些礼物，久而久之，宾主就变成了朋友。在这次"清雪会战"中，这些店主再次感动了冰城人，他们纷纷在店门口贴出启事，上书："欢迎环卫工人进屋取暖，免费提供洗手间，热水、姜汤无限量免费供应。向环卫工人致敬，你们辛苦了！"这对于在零下20℃的严寒中长时间作业的环卫工人来说是多么贴心。每每看到这些，我总是忍不住热泪盈眶。

冰城人的热情与包容是有历史传承的。19世纪末，随着中东铁路的修建，哈尔滨曾一度拥有来自33个国家的侨民16万人。同时，哈尔滨同上海一样，是二战期间收留犹太难民最多的城市之一。二战期间，大批来自欧洲的犹太人迁居哈尔滨，使哈尔滨一度成为远东地区最大的犹太人聚居地，犹太人最多时达到2万余人。这些侨民不仅带动了哈尔滨经济的发展，也造就了哈尔滨的异域风情。

百年老街中央大街就是一座建筑艺术博物馆，街道两旁有多座带有六角星标志的犹太建筑、繁复新奇的巴洛克风格建筑、希腊柱式新古典主义建筑和博采众长的折中主义建筑。

1000多米长的步行街上铺设的花岗岩砖块，写满了沉甸甸的历史和文化。别小看这些18厘米长、10厘米宽的花岗岩砖块，它们嵌入地下，保证这条百年老街历经洪水暴雪从不翻浆塌陷，依然平整如初。要知道，在当年这一块方石的造价为一块银圆，价值堪比黄金。

当然，冰城的兼容并蓄不仅来自侨民，它更多地来自清末民初那场浩浩荡荡的"闯关东"。勤劳朴实的山东人来到东北这片白山黑土，靠着几代人的辛劳与聪慧，将这座小渔村变成了现代化的都市。

东北人都是活雷锋

在哈尔滨，你是可以放心扶起倒地老人的，因为东北人朴实，更因为"东北人都是活雷锋"。12年前，歌手雪村的一首《东北人都是活雷锋》红遍大江南北。肇事司机撞人逃逸，东北老乡热心救人，歌曲诙谐幽默，故事却温暖人心。且不说"最美女教师"张丽莉的救人事迹，就说身边的事。一天，一个哥们儿在楼下找停车位，遇到一个外国人跟他问路。这个哥们儿英语不太好，勉强听懂老外是要去机场。要知道，机场距离市区30多公里，机场大巴站离得又远，当时正值下班高峰时间，出租车也不好打。这哥们儿一急，冲老外一招手："上车！"开着车就把老外送到了机场。下车时，老外感动得不得了，问他叫啥，哥们儿随口道："雷锋！"这听起来像段子，却是真人真事。我相信，这哥们儿当时招手有因为英语匮乏一时紧张的成分，但是让他开车几十公里送一个老外去机场，更多是源自他看到老外的焦急与无助之后迸发出的爱心。最后那一句"雷锋"有些许戏谑的成分，但包含的却是实实在在的助人为乐。

这就是哈尔滨，冰雪之下生活着一群热情似火的人们。又是一年哈尔滨国际冰雪节，不来哈尔滨就着俄式西餐和"棒子"哈啤赏雪吗？

太原：阅尽沧桑的锦绣之城

◎ 小书童

一

太原自古便处于中原民族与草原民族交往和冲突的地带，如今，这片土地上的刀光剑影与金戈铁马早已被重工业时代的机器轰鸣所掩盖。

印象中的太原一直是个重度污染的城市，"易得两会蓝，难见太原天"是一位在太原工作的好友的自嘲。不过抛开污染，纵观整个华北，太原的气候条件其实是非常不错的——地处河谷，三面环山，四季分明，冬暖夏凉，可以说是一个宜居的城市，难怪自古就有"锦绣太原城"的美誉。

作为九朝古都，太原见证了太多显赫与覆灭，经历了太多动荡与喧嚣。斯塔夫里阿诺斯在《全球通史》中提道："欧亚大陆一直上演着伟大文明的兴起和衰亡，而每一个伟大文明的衰亡，都是因为内乱削弱了自身的力量，进而由随之入侵的游牧民族促成的。"这也为太原这座城市的历史做了最好的注解。

万千繁华终将归于沉寂，许多往事湮没于历史的尘埃之中。入侵这座古城的游牧民族不仅没有改变这里的习俗、文化，反而总是被迅速同化，从这一点来讲，太原的历史也是整个封建时期中华文明的缩影。太原这座经历过无数次战乱洗礼的城市，向来有着尚武、强悍、侠义的民风，有着对名誉几近痴狂的捍卫；另一方面，农耕文明和草原文明的交融以及多种意识形态的共生共存，使得太原有了极强的包容性。在五一广场转上一圈，你便会发现广场西面起凤街口的纯阳宫、东面毗邻的文庙和崇善寺，儒、释、道三家的庙宇集中在一公里的范围内，和谐并存。

二

太原人的骨子里有那种雄视天下、不甘人后的优越感，这种优越感不同于北京的天子脚下、上海的时尚优雅、广州的生猛繁华，它是一种根植于内心的地缘优越感。太原既是九个封建政权的政治中心，又是历朝历代的军事重镇；既是古代重要的农业、畜牧业、手工业基地，又是古代北方的重要贸易枢纽、商业都会，具备了一个城市该有的所有角色和功能。

从古至今，太原人都有着外向开拓的精神。自古以来，晋商便以其精湛的商业经营技巧闻名天下，在明代，晋商几乎包揽了全国的贩盐生意。在颇为恶劣的社会环境里，晋商会馆遍布全国，完成了他们"汇通天下"的理想，胆识、魄力、细致、精明皆有过人之处。不过，太原人有浓厚的乡土情结，无论晋商怎样闯荡天下、笑傲江湖，外面的世界再精彩也不过是驿站，闯出名堂后还要衣锦还乡，阅尽千帆后还须叶落归根。或许，也只有家乡那地道的面食和浓郁的醋味才能化解他们的乡愁。

在太原，你可以见到代表北方居住文化的大院，随便到哪座大院走走，必定是重檐叠院、气势宏大，颇有"一入侯门深似海"的感觉。很难想象，纵横天下的山西人，内心深处竟会如此内敛和自守，而这种内敛和自守有时也会表现为一定程度的安于现状，一旦在时代潮流的更迭中未能及时捕捉机遇，就会赶不上世界不断前进的步伐。

计划经济时代，基于资源优势，山西成了集煤炭、电力、冶金、机械、化工、军工于一身的国家重工业基地，但在改革开放后，山西发展的重点仍定位在这些"资源自守型"产业上，自然因煤而兴，也因煤而困，不仅在经济发展方面逐步与周边省份拉开了差距，还成了全国自然生态环境最脆弱的省份之一。

如今，太原人在这片古战场上打响了轰轰烈烈的环境保卫战，全面开展城市环境整治，发展绿色经济，不仅建立了西山万亩生态园，还推行了城市公共自行车出行系统。历史上最为著名的"太原公子"李世民曾说过："功难成而易败，机难得而易失。"在历史的辉煌与落寂的强烈反差中总结经验教训的太原人，早已善于积聚势能，寻找机遇，去适应新时代的发展了。

三

作为历史文化名城，太原拥有晋祠园林、天龙山石窟等众多名胜古迹，不过其中最具代表性的，还是作为太原市市徽一部分的双塔寺。

双塔寺原名"永祚寺"，寓意"永远流传，万世不竭"，始建于明代万历年间。按照古代风水先生的解释，太原西北高于东南，"左痹不胜右"，所以"文明不开""其民挚悍"，因为"奎星"所处的方位地势较低，文运难以兴盛，必须在太原城东南一带建造高塔，才能弥补地形上不利于文化发展之处，兴盛士风，多出读书人。

因为双塔巍峨壮观，耸入云端，可俯瞰太原全貌，双塔寺的俗称逐渐取代了其本名。古龙说："一个人的名字或许会起错，但他的外号一定不会被叫错。"想来建筑也是如此。太原别称"并州"，双塔自落成之日起就成为它的标志。像这座古老的城市一样，双塔虽然历经风雨，却依然并肩而立，俯瞰着晋中盆地的州土。

现在登高俯瞰这座历史悠久、煤炭资源丰富的重工业城市，会感到历史的沧桑厚重与现代的日新月异的融合，如同并立的双塔一样，交相辉映，相得益彰。

朝代更迭，岁月流转，汾河水亦淘尽无数英雄，而这座城市依旧保留着它的底色。太原人的豪放开朗与细腻生动，外向开拓与内敛自守，同这座凝结了华夏文明的沧桑和璀璨的城市，同留存了千年的永祚双塔一起，锦绣依旧，生生不息。

我喜欢海口的慢，
云彩像油画家笔下的景致，
风也是。

锦绣河山万里 /

海口的慢

◎ 赵　瑜

　　海口对我的启蒙是天空给我的：云朵的样式，空气中让心、脾都打开得干净。每一次抬头看天空，我都能看到诗句般美好的鸟雀。怎么说呢，一个没有在海口生活过的人和在海口生活过的人，对空气的理解是不同的。海口让我知道，这个世界并不是只有北方那样的雾霾，还有像海口这样长久的绿，以及永远飘逸的云彩。

　　海口临海，风一吹，城市便拐了弯。是的，这座城市只有一条路是直的，那是旧海口机场的跑道。那些弯弯曲曲的巷弄，破败、小气，哪儿像个省会城市啊！多数有过大都市生活经验的人初来海口，定然会生出失望的情绪！

　　海口本土的人却没有这么敏感，这些吃鱼虾长大的人没有多少虚荣可言，他们在意的不是高楼大厦和衣着光鲜，他们中的一些人一辈子打着赤脚穿着拖鞋，却也依然过得富足。这种被乡土生活浸染的城市土著还没有完全被大都市调教过来，他们活得自由，活得慢。

慢，大约是岛屿生活的特性。

到目前为止，已经有数千万年历史的海南岛，从未与大陆相连过。这种地缘关系，造成了海南岛独特的生活节奏。

有一件好笑的事，在 1988 年海南岛未建省之前，海南岛全岛的居民若是看央视一套的《新闻联播》节目，必须通过飞机运输录像带。那时，每天海南岛的居民打开电视看到的新闻，是内地人昨天看的，永远差一天。

慢，属于城市性格。初到海口的时候，我租住在海府路一栋居民楼里。同楼居住的多是内地来过冬的人。也会有本地人住在楼里，极少，他们比内地来的人热情，喜欢问东问西。有时候，我会敷衍他们，说一句"我是内地来的"，表示自己什么都不知道。"我是内地来的"，这样一说，表示对话基本结束。本地人知道内地来的人不喜欢他们的懒散。

"内地来的"，这是我刚到海口时常听到的。去菜市场问菜的价格时，对方见我一无所知，会笑容满面地问一句："你是内地来的吧？"夜晚吃路边的夜宵，同样，只要一问，人家便会半是猜测半开玩笑地说一句："你是内地来的吧！"

这日常的问话，已经将他们隔离。相对于内地来的人，海口本地的人慵懒、不较真，对生活和物质没有太多紧迫感与欲望。说到底，这里的人从未因为意外而饥饿过。他们抬头看到的是挂在树上的椰子，有人戏言，只要往路边的地上插一根筷子，都会生出芽苗。在这样一个人均土地占有量较多的岛屿上，他们不必为生计辛苦，他们有的是时间谈论生存以外的话题。于是，海口的街头，走几步便有一家老爸茶馆，一年四季，不论何时都坐满了人，里面的人，如果你在某天下午到海口的街头，会发现，整个海口，有三分之二的本地居民都坐在茶馆里，讨论一些无关紧要的事情。

我曾经刻意地坐在他们中间，叫一份小甜点，一壶老爸茶，听听他们的对话——自然是一句也听不懂，海南方言比外语更难懂。虽然听不懂，但看在眼里，也知道他们正谈论些什么。几个男人如果围着一张长长的纸条说个不停，那一定是买码的。南方的地下六合彩很发达，几乎每一个人在茶余饭后都会买一些彩票碰碰运气。

相比北方人的温饱主义，南方人早已经不担心肚子填不饱，所以，他们宁愿省下一些吃食，买张彩票。博彩业发达，也是南方人个性天真的佐证。他们中大多数人都喜欢买码，总觉得有朝一日会中大奖，过上锦衣玉食的生活。他们把大把的时间都浪费在讨论几个可能会中奖的数字上，相比不远处站着的靠出卖苦力谋生的外来民工，海口本土的底层人可谓好逸恶劳。

也有一些人是单纯叙旧的，他们叫着久不见面的朋友的名字，声音忽高忽低，看得出来，他们没有什么要紧的事情，一会儿有人站起来接电话，走了，过一会儿，又赶回来。

一上午就那样坐在茶馆里，聊聊过去的旧光阴，日子虽淡，滋味却浓。

与浙江人或者福建人喝茶不同，与北京和成都的茶馆也不同，海南人到茶馆里喝茶，喝的是时光慢慢流逝，喝的是从老辈人那里继承的那份悠闲。那些世俗生活里的小失意会在茶馆里忘却。不仅如此，年轻的人坐在茶馆里，听着旁边年老的人讲着那些生活趣事或警世的旧闻，那茶水滋养的不仅是心肺，更是情商和人生况味。

茶馆里少见女人。在海口，女人是要挣钱养家的。在海口的大街上，骑着三轮摩托车载客的多是女性，她们在炎热的天气里奔波，有着救世的勇敢。而男人们悠闲地在茶馆里坐着，一生就像一帧帧黑白照片一样，慢慢地在暗室里显影，终于在这种悠闲里沾上了时间的灰尘。

有友人来海南旅游，我带他去看骑楼。这些南洋风格的建筑照顾着生活在这个城市最底层的人。骑楼的建筑样式是这样的：所有的建筑都有一个走廊，走廊与走廊相连，一条街又一条街均是如此。若是遇了雨，行人不需要打伞，只要在骑楼的廊下穿行即可。

骑楼里是一条老街，一些小巷弄里住着海口的老居民。入夜，小巷里会有一些小吃摊摆出来，几个人围坐在一个火锅旁。这里不叫火锅，叫打边炉，想象不出这名字的来历。也会有穿着睡衣的一群人坐在一起，说着陈年的事，啤酒瓶摆了一地，好像他们已经说了很久的话。

带友人逛完骑楼，吃完晚饭，我们会去这些巷弄里找一种消夏的食物，叫作"清补凉"。

所谓清补凉，自然是清新、滋补、凉爽的意思。这种饮食，只在夏季的傍晚时分才有卖的。清补凉选用椰子水加冰块做底汤，然后将已经煮好的绿豆、红豆、玉米粒、薏米、汤圆、芋头、山药、花生等数十种食材加上切成丁的西瓜、火龙果等多种水果。这种类似于八宝粥的冰粥，入口便将整个海口的新鲜感一口吞下了。这真是海口写给外地人的一封信，内容丰富，且充满了喜悦。坐在那里，吹着海风，听着附近传来的海南腔调的戏曲，看那摊位上的阿姨一勺勺地选择豆类和水果，慢腾腾地，像是选择一个温度适中的词语。就那样，在阿姨不紧不慢的动作中，我向友人说起海口生活节奏的慢，便多了些趣味。

物质像宗教一般，渐渐成为统领一切的信仰。多数城里人疏于见面，或者将联系方式改为短信或微信。而海口的老爸茶馆里人依旧很多，他们从春天坐到夏天，从夏天到春天，天天见面，依然有着说不完的话。

这些海口的老居民，用他们的慢为海口的生活方式做了注释。是啊，本来海口一年就只有两个季节：春天和夏天。从夏天到春天，要经过 9 个月的漫长等待。这么慢的岁月流转，总会有一些花朵成熟，有一些滞重的心事慢慢淡化，有一些刻骨的喜悦留下来。

我喜欢海口的慢，云彩像油画家笔下的景致，风也是。我相信，世间所有的美好都源自时间的停留，都源自参与进来的人能够安静下来，将自己的心神安放好。

在海口，坐在一棵榕树下，或者坐在夜晚的大排档里，我常常觉得自己也是一朵云彩，飘逸、悠闲。

英雄城南昌

◎ 姜钦峰

冰火两重天

暑假来临，一名非洲留学生坐在八一广场上哭泣，众人围观，问他为何哭得如此伤心，是不是想家了。小伙子边抹眼泪边点头，用生硬的中文哽咽地说道："南昌太热了，我要回家避暑！"这个段子引起无数南昌人的共鸣。南昌作为历史悠久的老牌"火炉城市"，绝非浪得虚名，一到夏天，就热得人无处藏身，食欲不振，长夜难眠。南昌四季分明，但春秋相对短，夏冬较长。热火朝天的日子刚过完，不等你回过神来，严酷的冬天又踏着坚实的步伐向你走来。有时你甚至会怀疑，秋天根本就是个传说。

南昌有多冷，南昌人说了不算，北方人最有发言权。我的一位新同事，东北人，去年考上公务员来到南昌工作。一到冬天她就天天喊冷，坐在办公室里直哆嗦，像寒号鸟一样。大家都觉得诧异，盘问她："你到底是不是正宗的东北人？"她说："俺们家乡比这儿暖和多了，家里有暖气，进门就脱外套。南昌室内室外一样冷，真的会冻死人！"可怜她以前从没生过冻疮，第一次在南昌过冬居然生了冻疮。南昌的热是湿热，冷是湿冷，夏季早晚无温差，冬季室内外无差别，外面降到 0℃时，室内也就 3℃至 5℃。这样的冰火考验，真不是一般人能扛得住的。

秋水共长天一色

滕王阁的名气比南昌市要大得多，据说星爷的大名就是取自《滕王阁序》中"雄州雾列，俊采星驰"一句。我常从滕王阁边上路过，但从没有过进去看看的冲动。我偏执地认为，滕王阁只应存在于《滕王阁序》里，怎么可能出现在现实中？3年前，南昌市政府举办了第二届"国际华人作家滕王阁笔会"，我作为东道主代表之一，平生第一次走进滕王阁，不禁怅然若失。一切美好的想象都荡然无存，这就是王勃到过的滕王阁吗？

滕王阁离不开水的衬托。南昌市位于鄱阳湖之滨，赣江、抚河穿城而过，城内湖泊众多，大湖有青山湖、象湖、艾溪湖，小湖数都数不过来。如今，南昌正在打造"鄱湖明珠，中国水都"的城市新名片，源源不断的活水为这座千年古城注入了勃勃生机。

余秋雨在《文化苦旅》中写道："恕我直言，在我到过的省会中，南昌算是不太好玩的一个。幸好它的郊外还有个青云谱。"因为这句"直言"，余秋雨被南昌网民批判了好多年。其实，大家是错怪他了，《文化苦旅》写的是20世纪80年代的中国，那时的南昌还在"睡大觉"，确实让作家为难。南昌的大变样也就是最近十多年的事情。"郊外"的青云谱早已变成了市中心，八大山人故居扩建成了梅湖景区，红谷滩新区在赣江西岸的荒滩上拔地而起。秋日的黄昏，站在秋水广场上，隔江眺望对岸的滕王阁，看"秋水共长天一色"，那诗一般的景象恍若重现。

重口味的南昌人

如果说兰州人的一天是从一碗牛肉面开始的，那么南昌人的一天就是从一碗拌粉开始的。拌粉加瓦罐汤是南昌人早餐的经典搭配。早晨起来，你赶着去上班，人还在门外，先喊一声："老板，拌一碗粉，不要香菜，一个桂圆肉饼汤。""好嘞！"老板口中急忙应着，双手却不停，如杂耍一般，捞粉、控干、配料、搅拌，一气呵成。你刚在凳子上坐稳，鲜香扑鼻的拌粉和热气腾腾的瓦罐汤已端到面前。不消10分钟，你就可以抹着嘴巴，心满意足地走出店门，美好的一天开始了！

南昌人吃东西口味重是出了名的，烧菜讲究"色重油浓"，酱油、盐和辣椒都要放到人能忍受的极限为止，大钵端上桌，分量十足。要吃到正宗的南昌口味，须到"两室一厅"的家庭小馆子里去。老板通常就是大厨，多半自学成才，老板娘兼收银员和服务员，服务态度不能太好，对顾客必须摆出爱理不理的样子，用餐环境越脏乱差，生意就越火爆。他们只注重味道，不跟大酒店拼装修、比服务，几间"陋室"就能开张营业，走的是"冷艳高贵接地气"的特色经营之路。

你来南昌游玩，倘若朋友七弯八拐带你去脏兮兮的小饭馆吃饭，千万别觉得此人小气，有口碑的"两室一厅"都不便宜，不明就里的人会以为进了黑店。

有一次，朋友神神秘秘地领我去一家"两室一厅"，车上再三叮嘱我："一会儿千万别乱说话，只管埋头吃就是了。"菜端上桌，味道果然不错，但我还是忍不住抱怨卫生条件太差。老板拎个勺就过来了，说："我们咯里就是咯个样子，嫩恰得惯就恰（我们这里就是这样，你吃得惯就吃）。"朋友赶紧叫我别吭声："今天要不是看我这个老顾客的面子，你早被赶出去了，外面还有人排队呢。"我吓得赶紧闭嘴，忍气吞声吃完，竟觉得回味无穷。也遇到过脾气好的老板，有一次我爱提意见的老毛病又犯了："老板，生意这么火爆，你把店面装修一下，生意肯定会更好。"老板和颜悦色道："不是舍不得花钱，弄得太整洁，就冒（没）有人进门了。"大巧若拙，简陋也是特色，精明的南昌人运用得出神入化。

鄱阳湖里的草

藜蒿炒腊肉是南昌最有名的特色菜。南昌方言情景喜剧《松柏巷里万家人》的片尾曲唱道："喷喷香咯日子，红火火咯过呦，活得有滋又有味，赛过那藜蒿炒腊肉。"藜蒿炒腊肉在南昌人心目中的地位可见一斑。藜蒿有特殊的芳香，但是清炒无味，与其他食材搭配也平淡无奇，唯独与腊肉搭配，堪称绝配。碧绿的藜蒿点缀着红色的腊肉，再加上一点点韭菜，活色生香，确是人间美味。

"鄱阳湖里的草，南昌人饭桌上的宝。"藜蒿风行餐桌是近十几年的事情，以前在老家，藜蒿只能拿来喂猪。我从小在鄱阳湖边长大，每年开春时，母亲就会带着镰刀去割藜蒿，再大捆大捆地运回来，然后胡乱地扔进猪圈。真羡慕当年那些猪，如今要想吃上一顿地道的野生藜蒿已经不容易了。藜蒿出身低贱，随遇而安，落地生根，适宜大规模人工种植。因此，藜蒿名气虽大，价格却始终亲民，物美价廉。

如果说藜蒿代表的是草根精神，那么大闸蟹就是当之无愧的贵族典范。南昌水产丰富，鄱阳湖和军山湖都产大闸蟹，军山湖的名气更大些。每年中秋过后，又到菊黄蟹肥时，熬了一年的吃货们便纷纷出城，开车顺着国道往东走约60公里，就到了军山湖。美食一条街沿湖堤而建，眼前是烟波浩渺的军山湖，清爽的风穿过开阔的湖面，裹挟着湖水特有的气息，温柔地拂过脸颊，令人心醉。置身于湖光水色之中，大啖美食，怎一个爽字了得。

英雄城南昌

南昌是中部内陆城市，过往也曾交通不便，信息闭塞，这让南昌人变得自大排外。最近几十年，南昌人渐渐认识到了与发达城市的差距，变得清醒而务实，从矗立在八一桥头的"白猫"和"黑猫"雕塑，就可以看出南昌人心态的变化。他们平静地接受落后于人的现实，不卑不亢，衔枚疾走，奋起追赶。在新生代的南昌人身上，已经很难见到父辈们的旧习气了，而这座城市的性格，也在前行中逐渐变得模糊。

南昌是军旗升起的地方，以"八一"命名的地方随处可见，八一广场、八一大道、八一大桥、八一公园、八一中学，南昌县还有个八一乡，红色烙印非常鲜明，"英雄城南昌"曾是南昌人最大的骄傲。也许是"英雄城"对外地游客的吸引力不足，现在似乎不怎么提了。两年前，正当全民大讨论广东"小悦悦事件"时，南昌也发生了一起车祸。一个女孩被压在车轮底下，14名农民工兄弟合力抬起车子，救出了女孩。这些农民工兄弟让南昌人扬眉吐气，人们也再次想起了久违的"英雄城南昌"。

郑州的世俗生活

◎ 赵　瑜

　　我喜欢郑州的地图，地图上道路的名字易记，纬一路、纬二路、经一路、经二路，多简单，经纬相交，像织布厂一样，简略但已经包含了方向。

　　郑州人在横平竖直的道路上走习惯了，性格多数直爽。大街上若是起争执了，旁边看热闹的人会劝架，劝着劝着，这个劝架的人也加入了争执行列，十分好笑。

　　在这里住久了，多半都会喜欢上这里的世俗生活。有那么一阵子，我租住在燕庄，说是燕庄，却从未见过燕子。小街巷里到处是小店铺，录像厅在都市与村庄的交界处，每天门前的黑板上都会用粉笔写着让我心跳的名字。

　　那时的郑州街市尚不繁华，我工作的单位在经五路，道路两边有繁盛的法国梧桐。那树好看，夏天凉意浓郁，时有鸟鸣三两声，诗情画意。周末的时候和女友相聚，时有查暂住证的警察，一旦遇上两个人就分开走，装作陌生人，等到查证的人散了，又恢复恋爱关系，想想便觉得怅然。

郑州烩面

在郑州生活，吃烩面是顶重要的事。烩面的滋味在汤里，一碗面上来，捧着喝一口汤，汤若没有浓浓的肉香味，那么，面是没办法入口的。郑州人吃烩面，多选择在中午吃，"面"是正餐，中午吃，似乎显得庄重。在这里，一条小街上如果有20家饭馆，那么，其中18家可能都是面馆。而中午的时候，每家小饭馆的桌子上都摆满了烩面，这情景，光想想，都觉得烩面不仅仅是一种食物，还是一种生活方式。

烩面是一种手工汤面，面是宽宽厚厚的面饼经过拉抻、摔打等一系列"舞蹈"动作之后，才下到锅里的。有时候，我们坐在饭馆里，隔着玻璃，可以清楚地看到那些烩面师傅的动作。他们把已经切好的面团拉得长长的，向上抛出非常漂亮的弧线，又迅速向下甩出一个弧度，然后重重摔在案板上，随着声响，那宽宽的面被抻得很长，并且被师傅折叠得整齐好看，扔到一锅羊肉汤里，三两分钟便可出锅。因为训练有素，师傅每一次抛出的面，都是同样的高度，真是好看极了。

碗里面已经放好了海带丝、粉条以及切得极细的豆腐皮，用浓浓的羊肉汤冲了，再放上些切好的牛羊肉，一碗烩面便可以上桌了。

烩面适合趁热吃。冬天的时候，外面飘着雪花，在面馆里吃一碗烩面，身上暖热，在小路上骑着车，偶遇醉酒的人，上前去帮他们一把。大冬天的，这些人不知道去吃碗烩面暖暖身子，真是奇怪。

若是夏天，大多数吃面的人会先点两个凉菜，要上一瓶冰啤酒，边喝边等。等面上来，先不着急吃，将喝剩的啤酒直接倒在烩面汤里，很是去油腻，吃起来也别有风味。

梧桐树和鸟儿

我当年工作的经五路，教育学院所在的经六路，紫荆山广场旁边的政三街，还有通往二七广场的人民路……这些道路两边种满了法国梧桐，茂密、繁盛。秋天时，这些树的叶子落得很快，下班时走在叶子上，听着树上鹭鸟的鸣叫，看着街边说着悄悄话的小情侣，会一下子爱上这座城市。

这些法国梧桐大多有上百年的树龄，枝干弯曲的样子很别致，总能让人想到深沉的意象，比如夜晚的大提琴或者成年人的忧伤。

梧桐树上住着很多鹭鸟，有时候走在树下面，会被从天而降的鸟屎砸中，这时这个"倒霉的人"准会在路边的小店里买两注彩票。

有一年，一些有私家车的市民向政府进言，要求将树上的鸟儿赶走，以保持车辆清洁。当时好像也实行了，比如花园路两边的梧桐树全被砍了。没了树之后，鸟儿找不到栖息地，一直在花园路上空盘旋，哀鸣不已。于是，市民开始以各种方式阻止政府砍树。

很多条路上的梧桐树因此保存了下来，关于树与鸟儿的故事，报纸连续报道了很多天，让郑州市民从此意识到，爱这个城市，不仅要爱这个城市的人，爱这个城市的街道，还要爱这个城市街道上的树和树上的鸟儿。

拥挤和温暖

拥挤，这是郑州的特点。不仅仅是道路、商场、医院，还有学校、动物园、游乐场、驾校，甚至还有让人想象不到的监狱，都比中国其他地方要拥挤一些。谁让河南是人口大省呢，这关于拥挤的"福利"，简直是贴在伤口上的胶布，撕下来总会扯破一些皮。

我喜欢坐公交车，挤在人群里，近乎做一个田野调查：哪条公交车路线上的人素质最高，哪条路线上的小偷最多，哪条路线上路过的学校最多，哪条路线上的孕妇最多……差不多，我把公交车当作一本书，书的每一页都很生动。

我也喜欢坐在公交车上感受人性的暖意。

在郑州的公交车上，不论多挤，都会有人给老人或者有需要的乘客让座。哪怕是脾气不那么好的司机，见到了老人和孩子，也会忙不迭地播放让座录音，提醒乘客。在郑州生活多年，我极少见到有人故意占着座位坚决不让座的情形。但这些充满善意而让人心生温暖的让座人并不一定完美，也许刚刚给老人让了座位，转眼就和被踩到自己脚的乘客吵了起来。是的，这座城市因为人太多，内心的空间也像压缩了似的。他们虽然善良，却未必包容。

郑州人对本土的人情和文化是贬损的，而对于外来的，却总是迎合。不论是街头打着江南风味招牌的小饭馆，还是本地饭馆里的外地人，本土的郑州人都会格外热情。在与外地人打交道的过程中，郑州人喜欢修饰自己，骨子里透着些自卑。都说中原文化博广而深厚，可这么些年来，都被贫穷和饥饿给糟蹋了，只剩下了黑白分明的物质判断。

自然，这座城市是不排外的。外地人在郑州绝对不会遭到歧视，本地人生怕给外地人留下不好的印象，还会显得格外殷勤些。

最中意的秋天

郑州的冬天不好，风大得会割破人的皮肤；春天也不舒适，风一吹，黄沙遍地；夏天亦不适合人居，又热又闷。

但我喜欢郑州的秋天。秋天的时候，郑州道路两旁的树叶变黄，大片大片地落在地上，姑娘们不再汗津津的，公交车上开始

　　有适合呼吸的香水味。整座城市突然得体起来，咖啡馆的生意也好起来，连公交车上的争吵也少了，在酒店门口总能看到成双成对结婚的人，一时间气氛也欢喜起来。

　　朋友想到河南来旅游，我几乎是脱口而出："秋天来。"郑州的秋天停在梧桐树下，郑州的秋就是这样美，充满秋的意蕴和好玩的事。几年前，有两个开烩面馆的年轻人喜欢看电影，看得多了就想拍一部，于是两个人把烩面馆盘了出去，卖了车子，找演员，买剧本，一番辛苦，终于拍成。可是因为没有钱，两个年轻人就只做了两份拷贝，然后扛着拷贝，一座城市一座城市地去推销。

　　那部电影是在郑州拍摄的，名字叫作"我最中意的秋天"。郑州的秋，是温饱过后的都市生活，缓慢了些，从容了些，让人愉悦。

帝王宅里的百姓生活

◎ 胡　弦

　　南京这座旧都，最不缺的是古意。比如我曾办公的颐和路2号，过去叫泽存书库，曾是一个国民党大员的藏书楼。三层小楼，砖木结构，一个不规则的四边形小院子，院子里种有枇杷、玉兰，院外则是高大的枫杨树和悬铃木，几乎把小楼全部遮没在绿荫中。我很爱这里，因它紧邻着众多老宅子。我下楼散步习惯向西走，穿行在绿色长廊一样的名叫珞珈、灵隐、普陀、赤壁、琅琊的小巷里，看一幢幢法式、西班牙式、日式的洋楼掩映在密林里，在早晨的薄雾或黄昏迷离的灯光中，恍惚间仿佛回到了20世纪初那个耐人寻味的年代，历史的纵深感隐约而来。比如距离办公楼数十米的颐和路8号，是汪精卫的故宅，百来米外的宁海路5号，则曾是美国总统特使马歇尔的公馆，国共和谈之地。像陈布雷、阎锡山等人的老宅，都分布在方圆几百米内。都市是喧闹的，这里却十分清静。尤其是落雨的黄昏，树叶缝隙间漏下的灯光和水洼里晃动的影子都有种陈旧感，走一走，有做一个旧式文人的意趣。

向东走则是繁华的闹市，湖南路商业区，号称南京第二商圈。我虽少去那里散步，但有朋友来了却常过去，因那里美食众多。狮子桥里几家饭店的狮子头、上汤蒲菜、剁椒臭豆腐都是名品。若要吃便宜些的小吃，可到狮子桥对过的马台街，在那里能吃到小鱼锅贴、鸭血粉丝、梅花糕、油炸臭豆腐、六合活珠子等当地名小吃，另有冒着油烟的烧烤摊、大盆大盆红艳艳的小龙虾等。这里是通宵营业的，在这里消夜、吃酒，很痛快。若间或向吉他歌手点几支歌来听，感觉更佳。现在网上有南京方言小曲《喝馄饨》，唱的正是这里的场景。夫子庙秦淮风味小吃是我国四大小吃群之一，但马台街上满满当当的美食摊子，人流如织，热闹不比夫子庙差。

说到歌曲《喝馄饨》，就顺便说说南京话。南京菜好吃，南京话却有点冲，发音多去声，有点狠巴巴的。南京被北方人看成是南方，但也会被更南的南方人看成是北方。我过去看《世说新语》，里面的南京人说话像南方语系那样侬来侬去的，后来随着北方人南下，中原方言和吴语就杂混了。南京话仿佛是中国历史南北交会的活化石。

虽说话有点狠，但南京民风却淳朴。明人顾起元《客座赘语》："南都风尚，最为醇厚。"江南佳丽地，是帝王之宅，更是老百姓的寻常巷陌。南京号称六朝（今又有人考证为十二朝）古都，南京人也就有些贵族气。魏晋时期，这里的男人清俊通脱，风流自赏，大约是当时中国最有风度的男人。但"旧时王谢堂前燕，飞入寻常百姓家"，大约看惯了朝代兴替，且在这里建都的以小朝廷居多，南京人的贵族气里总像缺了点儿什么，不是那么华丽。现在的南京人，是一种"六朝烟水气"和"南京大萝卜"杂糅的类型，闲散安逸，包容性强，但进取心也弱，缺锐意，在瞬息万变的世界面前，像"大萝卜"一般迟钝。从南京沿江往下，靖江、江阴之类的小城市都活力十足，入海口处的上海，过去不过是南京下属的一个小渔村，却早已发展成了国际大都市，现在反把南京人归于乡下人之列。就连在南京、上海之间的苏州城也去傍上海这个大款，以上海的后花园自喻，对自己的省城南京却不屑一顾，南京人对此似乎也不生气。前几年重庆说自己是沿长江的"第一江城"，武汉人一听就恼得七窍生烟，口诛笔伐不说，还气呼呼地论证出自己才是"第一江城"。同在长江边的南京却没什么反应，任人家吵闹，自己仿佛连看这热闹的兴趣都没有。

南京人的悠闲，从历史看，是老祖宗留下来的；从地理看，则与水有关。北靠着长江，坐落于秦淮河以及大大小小的湖泊河汉上，水文化怎会不发达。长江上游的支流，都流于崇山峻岭中，水势湍急；秦淮河则发于小丘，流于平原，缓慢得多。上游的那些支流像急行军，秦淮河像踱步，急了是莽汉，慢了是士子，滋润出的就是佳丽地。唐人崔国辅《小长干曲》："月暗送湖风，相寻路不通。菱歌唱不彻，知在此塘中。"写一个男子去寻心上人，却因荷塘沟渠纵横，一时找不到，这时传来采菱姑娘们的歌声，于是就凝神分辨……这是多么美好的事。更不要说曾经的六朝金粉、秦淮艳姝。现在秦淮河的夫子庙一带，短短几百米，有孔庙、江南贡院、乌衣巷、李香君故居，以及数不尽的河上画舫、食楼茶坊和传说逸事。国内很少有哪条河能像秦淮河这样，把文采风流、奢靡浮艳集于一体。风尚如此，文化也就浸透了水的分子。

南京生活的亲水性，泡茶馆也很有代表性。在南京，即便是僻静的小巷子里，往往也会有一家茶馆。玄武湖内有家宜兴人开的茶社，在明城墙下，靠着湖边，可边饮茶边赏湖景。鼓楼上也有一个茶社，生意冷清些，我却极喜欢，内有康熙南巡的"戒碑"、一对龙凤亭和几件清代桌椅。有次暮秋晚间和友人误撞而入，里面只有很少几个茶客。我们观罢室内陈设，便在二层露天的台子上吃茶，茂密的法桐遮去了城市声潮，城墙根秋虫唧唧，又蓦地看见高空中一支雁阵南飞，心情清穆到了极点。但大多数的茶社生意都极好，去冬大雪，我们到"沁园·春雪"

茶馆吃茶，一进门，几乎客满，大都在"掼蛋"（一种扑克游戏）。我问服务员："这是什么单位组织的比赛？"她瞪了我一眼说："哪儿是什么比赛，是生意好！"声音挺大，吓了我一跳。这丫头也许不是南京人，浓眉大眼，说话也大有北国风光。我当时还想，这茶社的名字也许该叫"沁园春·雪"的，后来又思忖，这一点点在中间也许更有道理，与北国相比，南京到底还是暧昧的，它的茶社，也总是介于雅致和世俗的享乐之间。

南京移民很多，我身边的同事，没有一个老南京。但大家一落户在南京，就都沉在了南京的文化里，原有的文化习俗没了影踪。水文化还是厉害，会溶解掉很多东西，并让你进入它的流速和漩涡中来，何况南京文化绵延深厚，总像没有底似的。

有人论证水是有佛性的，我觉得南京人也是有佛性的。"南朝四百八十寺，多少楼台烟雨中。"南京的历史上，出产过坐着龙椅也要去过过出家瘾的皇帝。现在寺庙虽少了些，影响却不小。我有时会到鸡鸣寺去吃素斋，或听着钟声，在明城墙上走走，观赏玻璃晶体一样闪光的湖泊，觉得那钟声的余韵会一直在心底潜动。

不过，秦淮河虽好，对南京影响最大的，仍然是长江。钟山龙蟠，石城虎踞。钟山谈不上高大险峻，没有长江这道大水养着，是养不出钟山这条龙的。石头城也是，因为下临长江的万顷波涛才出了大气魄，有虎踞之威。石头城故址在今清凉山上，仍是怀古的好去处。我在那里参加过一个诗会，朗诵的不外乎"山围故国周遭在，潮打空城寂寞回"之类。只不过城址现在下临的已不是长江而是秦淮河了。自孙吴至今，千余年里，长江西移了三四公里。在历代文人的怀古声中，它似乎想溜走，且越溜越远。

长江，外地人很少专程来欣赏，在火车上过江，短短几分钟，长江就在窗外闪了过去，很难勾起人的遐思，而且，隧道和桥梁使它越来越像南京的内河，那种"滚滚长江东逝水，浪花淘尽英雄"的苍凉感，今后也许只有去书中寻觅了。下游之水，宽阔而缓慢，有时我觉得，它的速度也正是城市之心和人心人性的速度，包容，不那么急迫，虽然细究也惊心，但总的感觉，则是种从容的步履。

由于桥多，江上已少有轮渡。江心洲处还有，我去坐过一次，但因这里是夹江，水面很窄，难温古人"中流击楫"的慷慨豪气，倒是想起了几句精巧的现代新诗：

给出十年时间

我们到江心洲上去安家

一个像首饰盒那样小巧精致的家

——路也《江心洲》

作者是北方人，一到南京，却有了安家的想法，且把诗写得比江南女子还婉约。

南京的好处也许就在这里，无论帝王还是小老百姓，都会有在这里安家的想法。

遇见你的茶香——湄潭小记

◎ 陈菡英

我承认，有些地方只是因为它的名字，就让人产生了深深的向往，比如湄潭。或许它的名字比它的景色还要吸引人：湄水盈盈，幽深可探，云雾迷蒙，弯环如眉，湄潭因此而得名。

绿

满目皆绿，绿得让人心颤。

初识湄潭，她就这样让你和绿撞了个满怀。

湄潭素有"黔北小江南"之美誉。湄江水清凉幽静，撑竹筏荡舟江面，可以一直荡到一个人的前世今生。

湄江是一条美丽的高原河，她是乌江的女儿，沿江两岸山水相依，烟雾霭霭，怡人的景色徐徐展开，就像一个巨大的天然画廊。气势恢宏的峡谷风光倒映在水中，山和水相映，风声与鸟鸣成趣。

湄潭产茶。湄潭的茶树芽叶初展时，绿色的海洋会填满你的双眼。茶海随山坡的走势起伏绵延。这般广大、浩渺的绿，却有一个很柔软的名字："茶海之心"。

所以，来贵州是一定要醉一次的，不是在酒中醉，就是在茶里醉；还有，就是在这深广的绿中醒不过来。在核桃坝村的一个农家，主人为我们端上鲜物——刚刚从河里打上来的新鲜小河鱼，用朝天椒爆炒后红烧，那个鲜香热辣，再配上二十年的茅台陈酿，是独有的贵州味道。三个人在初春微凉的夜晚围坐在一个余温未散的小炉子前，闲聊着细碎的家长里短，如意与不如意，都就着每一口酒菜咽下去，幸福感来得简单又亲切。

茶乡故事

湄潭凭水得名，以茶闻名，有一种说法就是"东到杭州喝龙井，西到湄潭品翠芽"。

清明前，正是春茶初摘的时节。到达核桃坝村的第一天，黄昏时分，我们在村里闲逛。村里的小路两旁尽是茶园，随处可见茶农们的身影。他们安静地低头采茶，像山一样沉默，又生生不息。一位阿婆用贵州特有的背扇背着小娃娃，悠闲地在茶园里穿行，娴熟地掐去苔茶上的嫩芽。夕阳的余晖映照在孩子熟睡的小脸蛋儿上，那画面，因为寻常，所以温暖。

村口有一个很大的茶青市场。一天的劳作结束后，茶农们在这里把辛苦采摘的茶青卖给收茶的工厂。一斤茶青 6 元至 10 元不等，而大约 5 斤茶青才能制成一斤成茶。三五成群的茶农们背着背篓，兴高采烈地大声交谈着，等待着收茶时间的到来。哨声一响，茶厂的人调好秤，茶农们自动排好队，陆陆续续开始交易。一筐筐新鲜的茶青倒进更大的竹筐里，只一会儿的工夫，茶叶就堆积如山。空了背篓的茶农脸上洋溢着喜悦，人头攒动的市场气氛热烈。

晚上枕着茶香入眠，早上听着鸟鸣起床。清早被茶香牵引着，来到住处后面的山坡上。一场微雨过后，山色更加空蒙。这是一处依山势而建的茶园，新绿在细雨中更加干净，惹人怜爱，被薄雾打湿了翅膀的林鸟，啼声也更加清脆悦耳。

在"茶海之心"的最深处，我们寻到了一个私家茶厂。兴之所至，我跟茶厂的杨师傅学手工炒茶。炒茶是一个修心的工作，炒茶人要全神贯注，在高温烤炙下，一边用手的力道将叶片舒展推直，一边用翻飞的手法将叶片上的绒毛磨光磨平，还得小心不被高温烫坏了手掌。都说"禅茶一味"，这制茶炒茶的过程，谁说不是参禅呢！

当你在喧嚣闹市中蓦然回首，城市一角多少还留有些许历史。

那里面依稀可见传统中国的身影，

它们正无言地述说着香港独有的美丽与哀愁。

锦绣河山万里 /

香港记

◎ 禾 素

20 年前我离开故里，来到这座世人以为"满城皆是黄金甲"的城市。到的那天大雾，硕大的飞机从我的头顶轰隆而过，那一刻，梦里已知身是客。

九龙寨城

我的家安在优哉游哉的九龙寨城，举世闻名的"快城"那急速飞转的时光，到了这里便骤然间慢了下来。街上古老的店铺简朴安静地存在着，行人都慢慢悠悠地走着、逛着，遇见相熟的，便停下来打声招呼问个好。

老城内全是 6 层或 6 层以下的旧式唐楼，楼层限高，是为了确保香港启德机场每天的航班能够安全起降。1994 年春天过后，我就住在极具危险色彩的启德机场附近那条启德道上，呼啸而过的巨鸟以及天台的月光便是那些年每天必晒的奢侈品。

几米说过，在地上画一群飞翔的小鸟，然后轻轻趴在它们身边，完成美丽的梦想。我与渐渐长大的儿子，常跑到天台粗糙的水泥地上画一架硕大的飞机，把整个天台的地盘都给占满了。然后，娘儿俩得意地将身体呈"大"字形躺在地上那架虚拟的巨无霸飞机上面，静候天上的庞然大物掠顶而过。那时的启德机场，每5分钟就有一架航班起降，躺在虚拟的飞机上看巨鸟擦着头皮掠过的感觉，简直比坐过山车还要过瘾。那巨大的引擎声一次次轰鸣而过，我们的尖叫声便一次次响起，真觉得那飞翔小鸟的美丽梦想早已在原地被放飞了无数次。

港九新界

据说明朝时，香港因转运广东东莞一带盛产的香料出了名，人们便将这个港口称为香港，意为贩香运香之港。

香港在明清时期仅是广东省新安县东南海口的一个小岛，历经朝代更迭，失去又回归，成为中国自立自强的缩影。

今日的香港，大致分为香港岛、九龙、新界三个区域。港人常说的走遍"港九新界"，说的便是这三大区域。港岛区为国际金融文化中心，俗称富人区，半山、山顶、特首府邸、会展中心都位于此。九龙有着厚重的本土色彩，1997年回归之后，成了新移民的大本营。新界原居民较多，大多有田有地，不少客家人于大埔、元朗、上水一带的围村居住，若族内添了男丁，有丁便有地，在寸土寸金的香港，乃真正的土豪一族。

有趣的是，全港的士披着不同颜色的战衣服务于不同区域，还有别样怪趣的花名。新界出租车，俗称"绿的"或"草蜢"，因车身漆上绿色而得名；大屿山出租车，俗称"蓝的""蓝灯笼""蓝精灵"，因车身漆蓝色而得名，大屿山出租车只可于大屿山范围内营运，包括赤鱲角机场及迪士尼乐园；最牛的要数1920年便开始使用的市区"的士"，花名"红艇"或"红鸡"，车身漆为红色，它的行驶范围最广，遍及港九新界。

在香港搭乘计程车别为了手头轻松而把行李全扔后备箱里去，香港计程车的后备箱存放行李需付附加费，每件行李收费港币5元。倘若你把五大箱八大件全扔了进去，这个后果的严重性，你懂的。

偶遇明星

走在九龙城街头，你一定得有超强的自控力和良好的心脏。因为任何一个转角处，你都极有可能遇见国际巨星或你心仪的明星。Are you ready？

我分别在狮子石道、南角道以及打鼓岭道见过洪金宝。第一次他走在街的对面，见我在人群中一眼发现了他，洪老爷俏皮地甩了个暖男式的微笑过来，那种温暖此时此刻依然荡漾心间。

罗嘉良曾在我家楼下埋头狠吃一碗牛腩粉，下班经过时，我碰巧在他抬头的瞬间与他对视，我赶紧捂住嘴巴，总算没有叫出声来。估计我的样子相当搞怪，惹得他一下笑了起来。

我见过关之琳与她母亲，真是非常漂亮！还见过古巨基在贾炳达道公园球场的宣传车旁略显疲倦地站立着。最兴奋的一次，莫过于跟友人在金不换泰国餐厅用餐，竟然遇见方中信、尔冬升以及另一位知名导演，更为意外的是，他们就坐在我们旁边那桌。踌躇了整整一晚，没用的我最终也没好意思前去索要签名或者合影留念。

"发哥"周润发常常在九龙城那些古老的街道间找寻往日味道。据说有间出口转内销、价廉物美的大码成衣店，贵为国际巨星的发哥和太太常会去帮衬生意。那次我见到身为摄影发烧友的发哥头戴渔夫帽，站在打鼓岭道与贾炳达道交界处支着三脚架拍照。高大健硕的他身边围满了路人，他拍他的风景而人们拍他微笑的样子，发哥对周围人充满善意，拍照间隙还不时和旁边的街坊说几句话。我在不远处凝望着这位蜚声中外的国际巨星，他朴实而优雅，温情而厚重，是位真正的绅士。

传统美食

九龙城素以老字号和众多受欢迎的食肆而驰名。

义香豆腐，这间有着 50 年历史的老字号豆品店，由陈氏兄妹主理。大哥陈汝新日磨五六十斤黄豆，每天下午一点用古法磨豆，两点半出品五大桶豆花，要吃新鲜滚热的，此时最佳。

妹妹彩凤与我熟稔，每次经过义香她都会扯着粗嗓门狠狠地吼我一嗓子。在网上不时会看到网友评论义香有个总是粗声粗气地待客的女人，我会忍不住笑上半天。请不要怪彩凤粗鲁无理，也不要以为她在呵斥你，信不信她天生就那样？20年来，我就见过她有两种表情：粗声吆喝和大声笑骂。最佩服的是彩凤总能保持忙而不乱，又煎又炸又煮，又搬又抬又举，有客人吃了N多种食品叫埋单，她眼都不眨，一面收拾一面准确地算出价钱，你服不服？

儿子亦是义香的忠实粉丝，从刚会走路到现在1.85米的个儿，还总爱跑去买碟煎豆腐、碗仔、翅冻、豆花什么的过足嘴瘾。

时至今日，义香豆腐已是香港唯一一家仍然使用石磨、明火来磨制豆制品的店铺。在香港这个以速度著称、以效率为重的现代化城市，有一些人，还在坚持传统食品，还在坚守原有居民的生活和文化氛围，实属不易。

前段时间与朋友在和中环"高大上"的写字楼一街之隔的小巷子里，试吃了三家传统老店。麦奀记云吞面，"麦奀"的"奀"意即不大，食物皆用怀旧小碗小碟装载，分量奇少，但每一口都滋味无穷；九记的咖喱牛腩好得实在没话说，包你吃过还想来；新景记鱼蛋河是家屹立结志街60多年的老店，老板说业主为了逼租户搬迁便狠命加租，从原来的每月四万猛地加至十万，如今只能做一天算一天，等到合约到期，便从此不再经营了。

　　一位上了年纪的老伯，手托一盘自家树上摘的缅桂花，在熙来攘往的人群中显得有些彷徨无助。见我驻足，他忙说花是自己在大埔山上种的，"姑娘你买两把吧？"我手执清香的缅桂花，回望夜色中白头的卖花老人，他布满沟壑的脸像地图一般刻写着闹市中的香港那些不为人知的隐情，他的身后，正竖立着一块著名的街道名牌——皇后大道。

　　香港没有时间回望自己尴尬的身世，也没有余力去平复历史滞留的忧伤，她一直以快速的节奏追赶着瞬息万变的世界潮流。

　　当你在喧嚣闹市中蓦然回首，城市一角多少还留有些许历史。那里面依稀可见传统中国的身影，它们正无言地述说着香港独有的美丽与哀愁。

　　几日前我去九龙城街市大排档叫了份地道的港式下午茶餐，大排档四围墙面上的怀旧街景，看起来依稀是一些认得的老面孔。此时，没有硕大的飞机从我头顶轰隆而过，这一刻，梦里不知身是客。

景迈归来不见茶

◎ 一　盈

一

我始终记得与景迈古茶的相遇，那么清晰。

北京。偌大的茶城，他的摊位局促在角落，稍不留心便错过。我进去，他邀我喝茶。他不会说普通话，比画好半天，我仍一头雾水。于是，索性叫他茶人。

茶人专营普洱：宫廷、饼茶、沱茶、砖茶……樟木茶墩边竖着一个大袋子，鼓鼓囊囊的。问他是什么，答："景迈古茶。"说着，他把袋子解开——

一股清香扑面而至，因猝不及防，竟令我闭上眼睛。沉醉。那清香又变成幽香，泛着清冷与凛冽，无限高远。我贪婪吸气，通体被香气涤荡，恍若置身于空谷山林，唧唧鸟鸣。叶片却极普通，条索干瘪扭曲，棕褐色，微泛白毫。

"古树茶青，至少有五百年树龄。"茶人投茶、温润、冲水，动作如行云流水。看干叶被沸水激荡、唤醒，舒展叶脉、叶片，棕褐渐呈苍翠……我屏息，生怕惊扰一个沉睡太久的梦。

入口，竟极甘甜，茶汤不够醇厚，却像一位村头汲水少女，甜美，坦坦荡荡。茶人解释，这便是景迈古茶的口感了：芝兰香，蜜甜味，汤质滑而轻薄。

哦！原来云南澜沧江流域因土质肥沃、气候适宜而被赞为普洱茶的母亲河，两岸著名产茶区被划分为"六大茶山"，景迈，便是其中之一。

茶人说："记住这个味道。"我笑笑，细细啜饮，用心回味。

那是一年前的事情了。

二

清明前后，春茶上市。茶人进景迈山收茶青，我急急忙忙跟了去。茶人奇怪："山里有什么好？没有娱乐，只有蚂蟥……"

在北京生活一年，茶人的普通话已经很流利了。他是思茅望族后裔，父亲是彝族人，母亲是苗族人。

于是，年轻的他固执地北上，带着家乡采之不尽的茶叶，梦想到大城市去，享受现代文明。他喜欢穿牛仔裤、T恤衫喜欢看高楼大厦，喜欢搭地铁坐公交，不厌烦堵车，因为"北京的路太好了，车稳得像飞……"

一直不明白"飞"，直到行驶在景迈的山路上。路烂土大，一辆车过去，扬起漫天黄土，滚滚而来。司机只好拼命超车，力图摆脱"吃土"噩运。车内，我们包头裹脸，身子被颠簸的车厢甩得东倒西歪。不敢说话，怕弹跳之间，一不小心，牙齿把舌头咬破。

风景极美，一派亚热带原始森林风貌。这里居住着许多少数民族：彝族、拉祜族、哈尼族、布朗族……现代化无孔不入，傣家吊脚楼出现铝合金门窗，美丽的哈尼族少女把头发挑染一撮红，蹲在路边卖葛根的布朗族老人打起手机，明星海报随处可见……

途经一处山泉，由竹子引崖而出，名字凄美，叫"观音的眼泪"。我很惊奇：观音涅槃，化了七情六欲，怎会伤心？

"以前少数民族太穷了，生活不易，即便观音都无计可施，只能流泪。"茶人嚼着葛根，用力吐出残渣。今天好了，生活富裕了，可这汪山泉也几近干涸，观音不哭了，人人都高兴。但显然，这是环境恶化的后果。

资源实在太丰富，随手插根枝条都能成材。据说，日子每天如是：清晨进山砍一捆柴，背到山下换酒菜，喝至日落西山，醉醺醺回家睡觉。明日，再砍一捆柴……生活，是一种微醺状态。生死场里，日复一日。

想起美国内华达州与非洲的乌干达，一个是死亡沙漠，一个是高原水乡；前者领跑全球，后者却于死亡线上挣扎。古训有云：

"生于忧患，死于安乐。"

三

我们称她"公主"。真假无法考证，但她确实是今日布朗族头人的女儿，姓"金"。在布朗族族史中，这是王室才能拥有的姓氏。她的父亲在当地被称为"金头人"。

进门时，她正蹲在摊晾台上晾晒鲜叶。明艳的传统长裙，姣好的身材。毒日头底下，没戴帽子，皮肤晒得黧黑。看我们进来，赶紧迎接，笑容羞涩。

公主家族有太多光荣历史：祖上是世袭的布朗头人，中华人民共和国成立之初，爷爷曾参加云南少数民族代表团进京献茶，那款献给毛主席的"小雀嘴茶"便是由爷爷亲手制作；几年前浩浩荡荡的马帮进京，其中有一匹马是自家的，驮的茶正是父亲亲手制作并签名的古茶饼……

至于她自己，自有记忆开始，便与茶树同在了。屋前屋后、抬头低头、睁眼闭眼尽是茶树，生命被绿叶网罗，怎么穿也穿不透。过于熟稔，反倒心生憎厌。于是拼命读书，梦想走出茶山。

试想，一个二十好几的深山异族女子，不嫁人只读书，那需顶着怎样的压力？眼看玩伴从少女变嫁娘，眼看上辈垂垂老矣……渐渐收起桀骜，学会认命。把书本珍重收藏，换上传统服装，进山采茶。随着普洱茶市场风云变幻，随着千年古茶树被大肆"爆炒"，景迈古茶，火了。

港商来了，茶叶专家来了，电视台来了，记者来了，明星来了……生活比以前富裕许多，可不知为何，内心却始终有惆怅。感觉自己越来越像一株被固植的茶树，享受得天独厚的春风玉露，却始终艳羡那飞鸟，纵有风雨，可以看世界……

讲着茶事，公主带我们进山采茶。一路上，许多采茶的年轻人，上身着民族短衫，下身穿牛仔裤或精赤大腿，驾驶摩托车呼啸而过，开着大分贝的音响，很俗气的口水歌，与茶山的古老安详，剧烈冲撞。

茶山不高，却很大，绵延起伏，没有边际。山谷平缓处种植了苔地茶，山坡陡峭处是先人留下的古茶树，遒劲苍翠，蓊郁葱茏。茶树与其他林木杂生，香樟、柚子树、松树、青竹、芝兰、蔷薇……于是，茶吸花香果味，而这，正是景迈古茶独一无二口感的源头。

令人惊讶的是，拥有百年树龄的古茶树往往矮小，根茎却极粗壮坚实，苔藓密布，如同长满老年斑的老人，饱经风霜。有的还被缠绕红线，摆上贡品。公主说："这是茶神，世代庇荫这片水土，需要感恩膜拜。"

见到许多"螃蟹脚"。这种古茶树上的寄生物，因吸茶树之精华，在都市已被炒至天价。本是珠玉，一旦发了贪念，即成祸端。人潮汹涌而至，践踏、抢采、砍伐……甚至杀鸡取卵，太多太多千年老树被拦腰砍断，訇然扑地，仅因枝头苍翠绿叶，几簇"螃蟹"寄生。

千年来，挺过重重天灾，这片茶山却终因人祸而命悬一线。幸好，普洱茶市场渐趋冷静，疯狂归去，理性来兮。而它，静默如初，芬芳吐绿，无论清冷与喧闹。是道，是钱，是春心，还是解渴的蠢物，终究是别人的看法。它的珍重，它自知。

四

晚霞绚烂，夕阳静好，茶山风光无限。

流连于美景，偶闯一处院落。竹篱柴门，庭院井然，花木繁茂。尤其三叶梅，开得惊心动魄，似乎要把院子点燃。

花架下有茶具、火塘，还有一中年汉子，眉宇有傲气，正煮水烹茶。见来人，微笑颔首，邀我入座。

汉子煮茶十分奇特。先从茶罐夹出适量茶青，置于小铁铲内，再用火钳从火塘里夹出两粒烧红的木炭，丢于茶叶中，然后立即就着烈火翻扬铁铲，也就20秒钟，看那茶青被烫得焦煳，迅速置于茶壶，以沸腾之水用力冲激——一股茶香、炭香、火香混合而成的奇异香气四溢。

我大惊："炭还没拿出来呢！"汉子笑而不答，给我面前的茶盅徐徐注入泡好的茶水。

小心啜饮，更觉惊讶：没有丝毫炭火气，唯有古茶香甜，更多几许绵软悠长。恍然大悟，原来这便是布朗族、佤族久负盛名的"烤茶"了。

被这珍贵的友好感动，竟无话可说，唯有默默喝茶。异族陌路人，话语不通，却能为茶共醉。

吃饭时才明白，原来汉子便是公主的父亲，传说中的"金头人"，难怪孤傲凛然。不知为何，公主不入座，只是捧着饭碗立于一侧。热心过头，我死命拉公主就座。推脱不掉，公主只好侧身坐下。然而，头人父亲却立刻撂下碗筷，离席。

大惭，犯了大忌。原来，男尊女卑的传统在这方水土依然被严格遵守。比如吃饭，妇女不能入席；比如行路，妇女不能走在男人前面……既是风俗，便无从评判。

总有分别，即便千里搭长篷。彼此许诺，一定再见。然，再见是何年？茶人安慰："收完这季茶青帮我去北京卖茶！"公主粲然一笑。车行，黄土起。村落被渐渐淹没，终于不留痕迹。

问茶人："公主真的会来北京吗？"

"不会。"他斩钉截铁地说。目光投向窗外万亩茶园。那是茶人的骄傲，也是伤感。

茶叶市场太混乱，生意艰难。功利的年代，有多少人能够暂时摒弃物欲，享受一杯春心？所以，是茶人，便终因理想而孤寂。

突然手机闪亮，一条信息飘然而至："今年普洱茶青价格普降，茶厂众多，采茶混乱，小心普洱。"不敢让茶人看到，叹口气，悄然删掉。

当我以一个普通游客的身份走进澳门，

在那里行走、观光，体味城市的细节与乐趣，

只觉得这是一座真正适合生活的小城。

锦绣河山万里 /

双面澳门

◎ 吕克李叶子

澳门是一座可以用"矛盾"来形容的城市：一半是青石红瓦的民宅，一半是灯红酒绿的娱乐场；一半市井，一半奢华；一半恬静，一半嘈杂；一半寻常真切，一半奇异虚浮；一半适合白日，一半就是夜晚……

欲望之都

在香港的最后一天，我一直在为要不要去澳门纠结。假期有限，而香港让人如此留恋，还有很多市井小吃没有品尝，还有很多港片和流行音乐中如雷贯耳的街巷没去寻访。

从皇后大道一路逛到港澳码头，无意中看到澳门几家大型酒店招揽游客的门店，海报上美轮美奂的建筑，宣传单中极尽渲染的纸醉金迷，让人忽然动了去澳门一探究竟的念头。每一家酒店都迫不及待地要将游客揽入怀中，也难怪，这个面积仅有 30 多平方公里的城市，经济几乎都依赖于旅游业和博彩业，新葡京、威尼斯人、金沙、银河、美高梅……数十家大型赌场不分昼夜，全年无休，每年吸引 3000 万赌客带着 900 亿赌资前来"观光"。

从香港乘船到澳门不过一个小时，坐直升机，半小时内就可以坐上赌桌。各大酒店都提供免费巴士搭载游客进入市区。上车之前，漂亮的礼仪小姐为乘客发放了折扣餐券。虽然心中窃喜，但我还是不免替商家担心——估计很多人都像我一样怀揣"澳门一日游不花钱攻略"，只想去开开眼界，没打算往里面扔钱。

直到走进酒店，我才明白，所谓酒店，其实是集住宿、餐饮、赌场、电影院、银行、购物于一体的大型商业综合体。只要观光客迈进酒店大门，不愁你不消费。对于赌客而言，没有比这里更好的去处了，足不出户就可以满足一切需求。

这里的每一座酒店都有不一样的风景，作为观光客，你可以欣赏到各种风格的建筑和无数能工巧匠创作的艺术品。以文艺复兴时期的建筑风格为特色的威尼斯人酒店，将蓝天白云、拱桥流水都搬入室内，外国水手划着贡多拉船在河道中穿行，兴致来了还会唱一段歌剧。从建筑到人文风情，一座威尼斯城就呈现在面前。

这里的一切都极尽奢华，挑动着人的物欲。在投资高达 165

亿港元的银河酒店，3 米高的"运财银钻"在半空闪出耀眼的光彩，28 辆顶级奔驰跑车散布各处，总奖金额为 4000 万港币的角子大师赛海报贴在最显眼的位置。

"赌城"澳门，被称为"娱乐场"的赌场严格执行 21 岁以下人士不得进入的规定，如果你看上去很年轻，入场时还要出示身份证件。据说，赌场里有很多门道，比如增一分太亮减一分太暗、无论白天黑夜走进去都毫不突兀以至于让人忘了时间的灯光，开局时"叮"的一声引人下注的声音，从转身离开到受不了诱惑再次下注的心理时间和距离的专业计算……但这些对于我而言并无用处——第一次进入赌场，一切都既新鲜又陌生。所以，每当我从荷官面前经过，他们不发一言，掌心向上抬起右手以示邀请时，我只能略微尴尬地回以一笑。

电影里的澳门赌场，赌客们一掷千金，但在娱乐场的大厅里，并没有那么光怪陆离，大多数人都是抱着体验的心态玩一把，谁也不至于为了几百块钱拼命，气氛反倒有些沉闷。高额投注室和各种俱乐部的 VIP 室的赌局才称得上豪赌，筹码的最大面值为 200 万元，每天都上演着从天堂到地狱的悲喜剧，只可惜像我这样的散客无缘得见。

博彩业对于澳门的重要性无须多言，澳门 50 多万人口中有超过 40% 的人从事与博彩相关的职业，其中荷官就有近 3 万人。薪酬优厚的博彩业吸引了很多其他行业的年轻人跳槽来此，还导致部分在读学生中途辍学投身其中，从而引发了其他行业人力短缺等一系列社会问题，而产业单一又让澳门经济的发展前景令人担忧。

Macau 的日与夜

事实上，澳门是一座可以用"矛盾"来形容的城市。城不大，一半是青石红瓦的民宅，一半是灯红酒绿的娱乐场；一半市井，一半奢华；一半恬静，一半嘈杂；一半寻常真切，一半奇异虚浮；一半适合白日，一半就是夜晚。

而我，奇异地爱上了它市井寻常的那一半。

据说妈阁庙是澳门"macau"名字的由来，澳门整座城市恰恰就如同妈阁庙一般，小而灵。妈阁庙在澳门的海边，背山面水，周围古树参天，香火极盛。庙门前有公交站台，随意坐上一辆公交车，跟师傅说想去大三巴牌坊，师傅就会在离牌坊最近的站台提醒你下车。大三巴牌坊是澳门的地标性建筑，本是 17 世纪初建成的圣保禄教堂的门壁，100 多年前的大火吞噬了整座教堂，只留下这座牌坊，牌坊精美、巍峨，上面的浮雕栩栩如生。大炮台在牌坊附近，在这里可以眺望到远处金碧辉煌的娱乐场所和眼前细碎的街道民宅。

没有一个地方的炮台像澳门的这样，将旁边大片的空地建成花园，绿草如茵，繁花似锦，显得炮台像是花园里的风景，而不是几百年前的战场。花园里还建了一座供园丁休息的屋子，跟炮台并列，完全就是"战争与和平"和谐共处的景象。十多平方米的院子被法国冬青围住，留一个木栅栏为门，干净整洁、一丝不苟又生机勃勃。我想，澳门城市中所有的精美与巧妙都包含在这炮台、花园与园丁的屋子里了，而澳门整座城就像这里一样，处处透着矛盾却又毫无违和感。

澳门并不大，白日里，你可以在石板路上漫无目的地遛弯儿，即便没有做过任何功课，也不用担心迷路或错过景点。街角咖啡店里永远都有帅气的小哥、漂亮的小妹，他们都很热情，你可以随意向他们提问，他们会很有耐心地为你解忧。

沿着澳门的新马路一路走，路边几百年前留下的各类中式、西式建筑林立，马路两旁卖首饰、衣物的商店也不少。这里终日车水马龙，唯有那些卖吃食的小店安静地立在不起眼的角落，若是走得太急没仔细看，就会错过。义顺牛奶就在新马路的边上，点上一份奶味浓郁的双皮奶，再来一个口感松脆的猪扒包，吃完之后咂咂嘴，还想再来双份。

在居民区的小巷子里散步是生活在澳门最大的享受。巷子并不宽，随着地势起伏，有时长长一段陡坡上也见不到几个人，会有路牌和地图立在岔路口，各家各户门口的花草自成一道风景。

无论是电影、书籍、新闻里的澳门，还是游客们口口相传的澳门，只要谈起它，便想到"赌城"，但当我以一个普通游客的身份走进澳门，在那里行走、观光，体味城市的细节与乐趣，只觉得这是一座真正适合生活的小城。

就算我们不能奢侈地以"看四季的轮回"作为自己的职业，

至少，我们也应该懂得，

业余时间去亲近一回大自然，是人生应该追求的一种荣光……

锦绣河山万里 /

领受你美丽的抚慰

◎ 张丽钧

　　我是在小学课本上认识小英雄雨来和他的"还乡河"的。闭了眼，雨来就在那条河里扎猛子。但我一直没机会去亲近那条距离我现在生活的城市并不遥远的河，只在遐想中分享着雨来在水中当泥鳅的惬意。

　　终于，骤然降临的酷暑把我和几个朋友赶到了这条还乡河边。

　　没有想到，这竟是一条很媚气的河流。我疑心它是粗枝大叶的北方变的一个想逗笑水乡妹子的魔术。我呆立于清凌凌的水边，愣愣地开口向当地一个林业工作人员问道："这条河，一直是这个样子吗？"他不解地望着我，说："是啊。不是这个样子又该是个啥样子呢？"——不，我不是在怀疑什么，而是觉得在我的襟袖之间藏着这样一条简直是照着漓江的样子梳妆过的河流，多少有点不可思议。

我们租来橙色的救生衣，认真地穿好，准备上船。

那是几条简单的木船，比我小时候折的纸船复杂不到哪儿去。

穿白色对襟衫的船家悠悠地摇着橹，跟不远处的几个同伴吆喝着问答，大概是讲谁的"鱼阵"里圈住了一条多大的鱼之类。待船家闲下嘴来，我忙抢着问："什么叫鱼阵啊？"他一指河边类似竹栅栏的东西告诉我说："那就是鱼阵。用竹扦子插成一个迷阵，鱼只能顺着往阵里游，不能戗着往阵外游。渔民就用这土法子捕鱼。"我问："这河里鱼多吗？"船家说："多。还好吃呢！可我们摆鱼阵时把扦子插得特别稀，我们只圈大鱼，不圈小鱼，小鱼进不了阵底，从扦子缝里就跑了。"有人插言说："我们老家那儿有炸鱼的，还有电鱼的呢！炸鱼就是往水里扔炸药，把一大片水里的鱼都炸死；电鱼就是往河沟子里通电，把整条河里的鱼都电死……"不等那人说完，船家就抢过话头说："哎呀，这事干得可忒'绝户'了！咱还有儿子、孙子呢不是？炸光喽，电绝喽，咱还不得招子孙们骂呀？——我们这儿可不兴这么干。"

我心头一热，觉得这个穿白色对襟衫的汉子还真有几分素质。

岸上的绿，深深浅浅的，扑进水里，在波中漾啊漾的，被我们橙色救生衣的倒影一衬，十分好看。

水阴阴的，把我们的思绪都浸得微凉了。

有鸟叫声送入耳鼓。水娇水媚的鸣啭，让人疑心是从水底传来的。有人问船家那是什么鸟，船家有些不好意思地说他也不知道，接着他解释说："鸟忒多了，实在是认不过来。要说这河上最好看的鸟，还是白天鹅。每年刚开河的时候，就有几百只白天鹅来这里歇脚。它们的叫声传得好远！呃呃呃呃……它们叫得可好听了！它们在这河上待半个多月，然后就往北飞了。看到半山腰上那个村子了吗？那就是我们百草坡村。我们村里的人们都认识那些天鹅，天鹅也认识我们村里的人。年年见了面，大家都欢喜一阵子，跟老朋友一样。我们百草坡的人都稀罕鸟，野鸡跑到房顶上偷吃玉米，也没人伤它们。"

我们听得欢叫起来，仿佛天鹅和野鸡也成了乐于跟我们厮守的好朋友。

越往下游走，河面越开阔，河水也越深了。

有人突然倾下身子，试图抓住水里的一条小鱼，船身猛晃了几下。船家笑问那个惊魂未定的家伙："会水不？"那人说："不会。"船家说："我们这里的人全都会水。那小英雄雨来的水性可不是吹出来的！"我好奇地问："你们这儿的人是不是特为雨来骄傲？"船家说："那自然！我们也特别感谢作家管桦，他把我们这条还乡河和生活在河边的人都写活了。"——嗬，他还知道管桦！让我更加惊异的事还在后头呢。小船驶过一座小庙时，船家告诉我们说："这叫'红石庙'。传说庙门上有一副对子，上联是'山庙无灯明月照'，下联是'山庙无门白云封'。——别看有这么多叠字，可真是好对子啊！你咂摸咂摸，越咂摸越有味道！"

大家饶有兴味地重复着船家所说的对联，一边撩水一边咂摸着其中的味道。一个女友俯在我耳边说："啧啧，没想到，雨来的这个老乡还挺儒雅。”

我轻轻舒了口气。我在想，小小的雨来，用他的机智勇敢捍卫了这好山好水。今天，如果他泉下有知，一定愿意他热爱的山水得到更多的人热爱，也一定愿意他敬重的父老乡亲得到更多的人敬重……

日已过午，岸上的朋友已是几番来电催促上岸了，我们的船依然被水深情地挽留着。有人突然问船家：“你们百草坡有房子出售吗？多少钱一平方米？”不待船家回答，满船的人就都欢笑起来。

“欸乃一声山水绿”，是柳宗元的诗句吧？先前，我总以为只有在南方才可以领略这般景象。然而，今天，我在北方一个叫黄昏峪的地方也幸福地潜入了这句诗的内核——听这小船欸乃，看这山水皆绿，连我疲惫的生命也被辉映得如此有声有色了。我喜欢童年时在书页上揣想过的这条河，喜欢这有些媚气的清凌凌的河水，喜欢这河畔生长出的原生态的故事，喜欢会模拟天鹅鸣叫，会咂摸好“对子”的船家。

当酷暑追击我们的时候，我庆幸能和朋友一道遁入这个水光潋滟的时刻，领受一种特别的抚慰，宴享一种特别的恩宠。

有个美国人曾说：“朋友们问我去林肯的瓦尔登湖畔做什么？看四季的轮回难道就不算是一种职业吗？”说这话的人叫梭罗。真喜欢他的这个回答。但是，俗务缠身的我们，哪个又敢口出这等狂言呢？大自然是精彩的，万物之灵的人也该活得精彩。然而，大自然的精彩常被我们过于好奇的手改写得面目全非。自作聪明的我们，还常常用这样或那样的理由剥夺了自己亲近大自然、让生命呈现精彩的机会。我想，就算我们不能奢侈地以"看四季的轮回"作为自己的职业，至少，我们也应该懂得，业余时间去亲近一回大自然，是人生应该追求的一种荣光……

从西宁起，
你的旅程将逐渐展开，
会慢慢体会大地上的奇迹。

锦绣河山万里 /

西宁：总被路过却无法错过

◎ 张海龙

像一把刀子

西宁，是一座总被路过的城市。

怅望青海，无论远走西藏或西出阳关，西宁就伏卧于高原边界，粗糙、苍白、短促、随意，就像西部粗粝方言中可以忽略不计的尾音，一闪而过。

在各类有关青藏游的攻略中，西宁总是作为青藏公路和青藏铁路的起点出现。

人们不远千里来到这里，不过是为了喘息打尖，呼朋引伴，再次出发。到了西宁，心却不宁，旅程才刚刚开始。

与西部自然风光的质朴、寂静、空旷相比，作为省会城市，西宁不可避免地繁华喧闹，但与那些真正繁华喧闹的城市相比，西宁又未免太过安静了。很多外地游客来到西宁，觉得此城无处可去，都把目光投向远方。处在夹缝中的西宁，是那样容易被忽略，不禁让人心生怅惘。

我曾以李白诗句"横行青海夜带刀"为网名。在西宁，我初次见识了什么是"西北偏北，男人带刀"。

1992 年，我和一个大学同学每人揣着 50 元钱去了青海。刚从西宁火车站出来，在一个灰蒙蒙的街角就遇上了一个眼神凌厉的人，他问我要不要看看他的刀，我说好，他便把刀递给我，并说这把刀价值 50 元。这个价格可是当时我的全部旅费，我当然要不起。

当我把刀还给他时，他拒绝了："兄弟，你已经看过了这把刀，这把刀就属于你了。你欠下了这把刀，也欠下了我的情义。"

我几乎忘了后来是怎样摆脱了他的纠缠的，但我真的永远记住了这把刀。在我的记忆里，西宁的见面礼就是一把刀。这座城市的气质如同博尔赫斯笔下的布宜诺斯艾利斯，玫瑰色街角处总会有个刀疤脸的高乔人，拉着你闯进交叉小径的记忆迷宫，和你说起一桩年代久远的恩仇故事。

后来，我在诗人叶舟的文章中看到，那年，他也头一次来到西宁——

"1992 年初春某夜，风雪弥漫之中，我头一次来到西宁，狭窄的街道是风的迷宫，雪的旋涡……那是后半夜的时光，我在深长漆黑的街道里遭遇了羊群，大概有上千只吧……风雪扑面中，我看见赶羊的一个男孩扎在羊堆里，反穿着羊皮袄，风雪挂满了他和偌大的羊群，使他看上去像一只神秘的头羊，充满了孤单和骄傲。我问他：'这是去哪里？城市的街道里又没有可以逐水而居的草滩。'

"'去肉铺，挨刀子。'"

沉默与古道热肠

西宁人的性格，用沉默是金与古道热肠似可概括。

青海自古是苦寒之地，多的是商贾和流犯。至今，西宁话和南京话中还有不少语音相近的词，似可印证从前的流放故事。

边地游牧之城，无数的淘金客、冒险王以及流民不断涌入又不断流出。在青海这种地方，生如草芥来去自由，不用过于计较得失，也无须太多蝇营狗苟。在寥廓的戈壁上，在无边的大城里，在钴蓝的天空下，在消融的雪线边，人只会放下妄念和虚狂，懂得自己的渺小和谦卑。所以，沉默几乎是必需的品质。那种感觉，就像青海湖中的湟鱼，在极寒条件下缓慢生长，一年只长一两，味道因而极为鲜美。

古道热肠的例证，是西宁街头曾经广为存在的"醒酒室"。西北苦寒之地，娱乐基本靠酒，说话基本靠吼。青海人开玩笑说："一年总得喝掉半个青海湖吧。"这个说法或许夸张，但此地酒风之盛，确实让人震惊。青海人嗜饮青稞酒，若再佐以粗犷的烤羊排，则浑身顿生豪气，只顾着叫喊："拿酒来！"

就像海子诗里说的："青稞酒在草原之夜流淌 / 这些热爱生活的年轻人 / 他们都不懂得此刻我的悲伤……"那些摇摇晃晃游走在西宁街头的醉汉想必也是如此，醉眼看人，定是觉得没人懂得他找不到酒喝的悲伤。

针对这些街头游魂般的醉汉，醒酒室便应运而生了。屋里有若干张床，备有浓茶、水果、热毛巾、常用药物等。那些不胜酒力的家伙会被扛进屋内，最常用的办法是让他好好睡一觉，醒来喝茶，吃水果，用热毛巾擦脸，天亮了再通知家属来领人，有点儿像成人托管所。不过，那些醒来的人多半暗自羞愧，不知酒后都做过什么放浪之事，往往一声不吭迅速埋单，然后匆匆离去。

或许，只有此等淳朴民风才能与湛蓝阔远的青海湖相配。

饮食风物与六字真言

饮食与地理有关，滋养生命并塑造性格。

在青海，茶与风雅无关，而是度命之物。宁可三日无粮，不可一日无茶，这茶正是在这里久负盛名的茯茶。青海人饮茶喜陈不喜新，不求茶的清香，而索茶的苦涩。煮茯茶不仅要放茯茶，还要加入红枣、桂圆、枸杞、核桃、冰糖、盐、花椒等物，一般熬一锅茯茶要数小时之久。如此饮茶，大概因为这里多以牛羊肉为主食，多喝茯茶，一可解除食物油腻，二能控制水土不服。你看，要想让一个地方接受你，首先要从接受这个地方的饮食开始。

西宁的饮食或可当作某种过渡。因为总是被路过，那些一心奔向远方的人总是习惯性地忽略这个城市的味道。当他们的肠胃一下子从精工细作的饮食跨越到酥油茶、糌粑的境界，多半会有所不适，到那时才会想起西宁饮食的好处来。由于蒙、藏、回、汉多民族杂居，西宁的饮食相当芜杂，但这种芜杂来自于原汁原味的丰富，并非美食一条街式的凑数。烤羊肉、烤羊腰、烤羊肋排、烤羊筋、烤土豆、麦仁羊尾粥中的面片子等在青海人眼中胜过世上一切美食。这种饮食直接实在，贴切饱人，简洁明了，一如高原的自然景致。

西宁最著名的小吃聚集地在大什字，具体地说就是莫家街、大新街等几条街道。在西北那种漫长的黄昏里，晚上七八点钟的西宁正是吃喝的时候，小吃夜市已经热气腾腾了，师傅们把锅架在临街位置，食客需要绕开锅碗瓢盆坐到里面的长条桌子边上，可以清楚地看到各色吃食的制作过程。于是，眼睛与肚腹共享美味，可以在出发去往远方之前犒劳一下疲倦的身体。

凉酒入口，热茶焐心，你会回想起甫入西宁时自空中俯瞰到的那一座座黄绿相间的土山，那些因水土流失而留下的纵横沟壑，让人心绪复杂。当你渐有醉意之时，会想起古诗中类似"青海长云暗雪山，孤城遥望玉门关"之类苍凉旷远的句子。酒肉入肠，豪情顿生，让你在想象中的群山间穿行，轻裘快刀，烈马狂歌。从西宁起，你的路程将逐渐展开，会慢慢体会大地上的奇迹。

当然，到了西宁你一定要去塔尔寺，那是每个人都不能错过的地方。你一定要亲自去探望塔尔寺的那棵圣树，以及了解它背后的传奇：据说，这棵树是从一代宗师宗喀巴出生的地方长出来的，最著名的是它的每片树叶都有神秘的象征，并代表着藏文中的不同字母。曾有一本书中这样描述："大约70年前（20世纪初），因为打扫，才将圣树之门打开过一次。喇嘛出来的时候，有一片叶子落在他肩上，上面清楚地写着文字。"

据说，那树叶上写满了"唵嘛呢叭咪吽"这六字真言。不知道六字真言，怎可轻易走入藏地？

沈阳，欲罢不能的记忆

◎ 白云苍狗

百转千回，沈阳的前世今生

少女时期，我爱上了一个青年，他送我一本《辽宁青年》。那个时候我做梦也没有想到，有朝一日我会在他的故乡来来往往。

四年前，我怀着五个月的身孕独自驾车 1700 多公里，从遥远的南方呼啸着奔赴沈阳，后备箱里装满被褥和锅碗瓢盆。

那个寒冷冬天的深夜，我终于到了沈阳。从温润的南方迅速进入零下三十几度的东北，我咳嗽得厉害，感觉糟透了。

我直接去了沈阳的一家市级医院挂急诊，挂号处有个彪形大汉，他粗声粗气地问我姓名，脖子上手指粗的金链子赫然在目，我吓了一大跳。后来才知道，那手指粗的金链子是沈阳哥们儿的标配，据说有些人是冬天卖了金链子买貂（貂皮大衣），夏天卖了貂换金链子。

我曾经以为那是我最难的一段时光，一个新手在一辆新车里，在无边的黑夜里奔赴未卜的前方，因为另外一个人。好在这片土地没有那么暴戾，我的孩子后来就出生在这里，不慌不忙地长到了今天。我到今天都由衷地感激，感谢这片土地凛冽背后的温柔和严寒深处的慈悲。

一边厚重深沉，一边纯净温情

进入沈阳，感受到的是它作为北方大城市的满满的居功自傲感。街道上随处可见的铁轨和时不时通过的货运火车，巨大的烟囱常年冒着各色的烟雾，无不昭示着沈阳东北重工业基地的出身。

比起哈尔滨那些沉淀了百年历史的欧式风情，长春那充满历史沧桑感的建筑和温暾的城市节奏，沈阳显得有点儿灰头土脸，不够洋气，而且又着急忙慌，跌跌撞撞。

春天的大风，夏天的暴雨，秋天的风沙，冬天的积雪，这一切让这个清朝的龙兴之地显得那么有犟劲。参观过工业博物馆，你才能深刻地认识到，这是一片多么神奇的土地，这里诞生了上百年来中国工业文明发展史上最早、最大、最有积淀和成效的战绩，每一次工业革新都无法和沈阳掰开关系，沈阳奠定了我们今天的生活。

沈阳的夏天永远都在修路，冬天永远都在除雪。这几年又多了项目：夏天要建桥，冬天要亮化。于是道路上到处都是坑洼，平均十米或者二十米就会在车道上出现一个坑，有些特立独行，有些连绵不绝，还有些调皮捣蛋，并且几乎所有的下水道井盖都低于路面，这让人觉得行走在路上，每个坑都有它的脾气，每次颠簸都有它的用意。

如果你在沈阳被嘈杂的都市感逼得无处可逃时，抽空去浑河边走走，棋盘山逛逛，世博园看看，鸟岛听听，你会发现，其实有两个沈阳，一个厚重深沉，内敛念旧，一个空灵轻盈，纯净温情。

每年春天，我都想要出去走走，一直走到南方，一直走到满眼的姹紫嫣红把心都醉了，再回到沈阳。这时沈阳的春天才羞答答地款款到来，每到这个时候，我都特别满足，仿佛穿越了时光，春天被无限放大、拉长、变慢，可以无限浪费与享用。

岁月静好，现世安稳

东北人一年就两件事，沈阳人也不例外，一是避暑，二是猫冬。

没有在北方待过的人是无法想象这里的冬天除了萧瑟还是萧瑟的那种无望。沈阳的冬天布满了白雪和光秃秃的树干，如果一定要找出别的影像来，大概只有零星的路人裹得严严实实的不见脸面的画面，而你是无法揣摩那些人的内心是怎样的狂热或者孤冷。也许，冬天就是这样，它消灭一切害虫，它还原一片纯净，它带来一片死寂，它带来无穷尽的希望。

在沈阳生活惯了，养成的第一个习惯就是进门脱衣服。去本地的朋友家做客，每当看到平日正装形象的男主人穿着舒适宽松的家居服，露出调皮的脚指头来，我都有些不知所措，心头闪过一丝异样。时间久了，室内外温差几十度的环境让我慢慢能理解为什么这里的冬天那么冷，这里的人们那么亲热——还有比睡衣待客或者赤膊上阵更跟你不见外的吗？

楼上的孙爷爷在初冬的时候收获了很多白菜和萝卜，他把它们储存在楼道里，每次看见我家的人都会说："随便吃，可劲儿吃！"在冰天雪地的沈阳，萝卜和白菜是多么珍贵的礼物。

作为一个南方的姑娘，小时候的记忆中，下雪的日子代表着过年、团圆与温暖，代表着那些幸福快乐却未必富裕的美好时光。到了沈阳之后，我常常在飘着鹅毛大雪的昼夜里，望着窗外那种一天如一万年般的宁静和萧瑟，听心脏中血流过的声音。

储存的食物可以过冬，攒下的情谊明年还可以如初见，沈阳的冬日暖阳，总会令人想起"岁月静好，现世安稳"。

老雪配烧烤，外地人全干倒

见面就唠十块钱的沈阳人一张嘴就露出天生的喜感，他们喜欢说自己是"森（第三声）羊银"，广播里经常有主持人调侃"森羊话"，例如沈阳话喊"姗姗"都是喊为"三三"，"诗诗"则要喊成"四四"。

十几岁时坐火车去北方，上来一个沈阳小伙子，刚在对面坐下就把证件啪地甩到桌面上，同时冒出一句："我（说）大姐，你到哪儿？"我为此深感沈阳人的热情，不现场攀个亲戚都怕辜负了这片土地。

东北特色的语言在沈阳无处不在，最近广播里有这样一段广告。

女声：尔康，你都和她们干了什么？

男声：我只是和她们打打麻将聊聊天，奥体中心撸个串。

女声：啊，你都没有陪我打打麻将聊聊天，奥体中心撸个串！

男声：可是，可是我给你买了 XX 啊！

本地电台如果播放一则当事人醉酒后发生的新闻，主持人在点评时一定会加一句："哥，您这是几个菜啊，喝这么多？"

有个调侃的说法：沈阳的支柱产业是重工业和轻工业，其中重工业是烧烤，轻工业是 KTV。是的，烧烤就是这里的文化。

有这么个段子：一个合格的东北大哥在撸串的时候，身边必须有个扒蒜老妹儿，穿着白貂，扒完蒜和大哥腻歪几下就开始划拉苹果电话。大哥对面通常都有个剃"炮子头"、后脑勺上有三道褶子、挂个掉色黄链子的糙脸大兄弟，负责给大哥点烟倒酒，翻来覆去说的就是："大哥你说得对，全对！"

一般大哥喝"到位"了以后都爱说一句话："在 XX 地方，我指定好使！"扒蒜老妹儿一脸崇拜地看着他。如果这个场景发生在沈阳，那一定是"老雪加烧烤，外地人全干倒"。"老雪"是本地的一种后劲儿很大的啤酒。老雪，撸串，啃个鸡架，再来个拍黄瓜，一盘酸菜炖粉条，沈阳人的盛夏瞬间就来到！

在沈阳的大街小巷，无论是日韩料理店还是清真美食街，或者号称亚洲最大夜市的沈阳铁西兴顺特色观光夜市，你常常能看到对面那个唾沫星子乱飞、右手食指不时点着桌子、满桌子只见他不停地在吹牛、"讲真理"的沈阳人。最后在他总结性的话语中，气氛达到高潮，那些话无非是：归根到底，有钱到哪儿都好使……有困难和哥说，好使……遇到虎了吧唧不识相的，跟我扯，削不死他……

沈阳人必须爱酒，因为喝酒的人通常爱热闹，沈阳人爱热闹。你若夺了他的酒杯就等于关上他对外的大门，门里的牛吹不出，门外的喧哗进不来，就活生生急煞那个动辄掏心掏肺的实诚人。

沈阳人好交朋友，朋友来了不能不喝酒，喝少了他还不干。喝酒的人，生平无论贫富贵贱总有几个知心人，热酒下肚肠，情义溢言表。

沈阳市井而又热闹，低调又稳妥，亲切而又幽默，欢迎来沈阳，特别是那些不矫情、情真意切的朋友，若碰巧还有点江湖义气的话，那么，沈阳爱你。

春天的麦子

◎ 安　宁

　　立春一过，便是雨水和惊蛰，雷声轰隆隆传来，蛰伏了一整个冬天的人们，好像忽然间想起了田间地头的麦子，于是纷纷扛起锄头，去田里锄草。

　　如果整个春天都没有贵如油的雨水，那么连草都长得灰头土脸的。这时，女人们会将自家的男人骂出去，抢水浇地。这是一场残酷的战争，女人们常常不再顾及颜面，只要能排上号浇地，哪怕脸上被别的女人抓上几道，破了相，也没什么关系。村委会主任这时候便派上了用场，他一边给自己家的麦子先浇上水或者排上号，一边调解快要打起来的男人女人们。有时候打得厉害了，男人们会在自家女人的怂恿下，夜里爬起来，搬了石头扔进机井里，堵住井，让谁家都浇不成地。当然，很多时候，这样的阴谋并不能得逞，因为正浇地的那家会派人日夜守护在机井旁边，还拿着手电筒，防范一切试图靠近机井的可疑人士。

这时，我们小孩子也不能靠近机井。那里原本是我们的乐园，我们会捡起小石子，投到机井里去，听石子落入深不可测的井底时激起的沉郁的水声。我们还怀疑有生下来不想要的小孩子被扔进了井里，于是趴在井沿上，看那一小片落在里面的模糊的蓝天。但在干旱的春天里，我们被焦渴的麦子和焦灼的大人们驱逐出了这片乐园。

夜里醒来，常常听见父母在谈论浇地引发的种种事故。不外乎是谁家跟谁家又打起来了，动了石头和锄头，还惊动了乡派出所的人。父母没有后门可走，排号遥遥无期，而在轮到我们家浇地之前，又不能眼看着田里的麦子枯死。于是母亲便和父亲从家里的压水机里压出水，然后倒入大桶里，用地排车拉着水去田里一勺一勺地浇灌麦子。只是那些水浇到地里，麦子好像还来不及喝一口，就被干裂的大地吸光了，或者被头顶上炙烤着的太阳蒸发掉了。春天看起来不再那么美好，每一天都让人煎熬，至于谁家的女人被砸破了脑袋，谁家的男人追着正浇地的那家人要拼个你死我活，在躁动的春天里，已不再是能引得人们兴奋的新闻了。

好在这样的时日不会持续太久。有时候每户还没轮上浇一遍地，老天爷就开了眼，降下一场大雨，放松了全村人绷了太久的神经。每当这时，母亲就坐在院门下面，一边做着针线活，一边看着这场不疾不徐似乎要下许久的春雨。

有时候我看母亲在发呆，就会问她："娘，你在想什么？"

母亲笑一笑，像是回答我，又像是自言自语："这雨，下得正好，麦子能喝个饱了。"

我也抬起头来，看向天空。细密的雨从天空中飘落下来，一阵风过，把雨吹到我和母亲的身上。雨水有些凉，但我的心里是暖的。我喜欢春天的雨，柔软、缠绵。就连平日里好为琐事争吵的父母，也因为这场雨变得对彼此温柔起来，好像他们是相敬如宾的新婚夫妻。

院子里的一切都是安静的，只有雨滴在屋檐下滴滴答答地敲击着，那是世间最单调又最美好的音乐。我好像听见了麦田里的麦子在咕嘟咕嘟地饮水，这声音一定也在父母的耳畔响着，所以他们做什么都轻手轻脚的，似乎怕打扰了麦子们的幸福。

有时候忍不住了，父亲或者母亲还会冒着雨跑到田里，看看自家的麦子在雨中有着怎样喜人的长势。这时的父亲更像是诗人，他站在地头上一言不发，就那样深情地望着脚下大片的绿色的麦田。整个村子都笼罩在迷蒙的烟雨之中，只听得到雨声沙沙，像蚕在食桑叶一样。

在麦子还没有长成麦浪之前，我能想到的村庄最美的时刻，大约就是春天里这样的下雨天了。

南宁人的每一天都从米粉开始。

到了晚间，通宵营业的各种米粉店在南方的夜里异常醒目，

周而复始地诉说着这个城市对于米粉的热爱与深情。

南宁：米粉倾城

◎ 朱千华

一

那天晚上，当我在星光下走出吴圩机场，热浪扑面而来。我行走在南国的夜色之中，榕树、棕榈树、大王椰、鱼尾葵等热带、亚热带植物一下子把我包围，我看到了完全陌生而又春意盎然的南国风光。

这是中国南部的一座边陲古城。2006 年 6 月，厌倦了朝九晚五的刻板生活，我逃离了那个温软的城市，来到邕州，一晃近十年。

很多人不知邕州，只因元朝泰定元年，这里已改称南宁，但如今仍有邕宁、邕江等古地名留存。"邕"字极形象，波光粼粼的水边之城。水为古邕江，邕江是南宁的母亲河。有水就能孕育生命，先是出现巨猿，然后出现野生稻。

野生稻是水稻的祖先，广西是野生稻最多的地方。南宁的野生稻发现于邕江边上的隆安。千百年来对于水稻的改良、种植、收割、加工，以及年复一年的精耕细作，使得邕江流域成为世界稻作原乡。有稻就有米，米除了煮饭蒸酒，更多地被加工成米粉，成为百姓的日常主食。而南宁则因其丰富的米粉文化，成为举世闻名的"米粉之都"。

我第一次吃米粉是在火炬路。这里粉店林立，桂林米粉、老友粉、生榨粉、螺蛳粉等让人眼花缭乱。我端着一碗桂林米粉，在熙攘的食客间站着，茫然不知所措。那时，我还不知道吃米粉要加调料。调料台就在旁边，葱花、蒜米、酸豆角、酸笋、酸萝卜、紫苏、辣椒酱等多达十余种的配料一应俱全，任食客自行添加。我在没有添加任何调料的情况下吃完了平生第一碗米粉。尽管如此，我仍然记得那碗米粉的鲜美与爽滑。

后来我才知道，米粉有数十个品种，但最要紧的是那一碗粉汤。汤料是米粉之魂，店家为能吸引顾客回头，无不在汤料上绞尽脑汁，其配方更是秘不示人。南方的粉汤口味五花八门，这不奇怪，在整个岭南地区，家家户户喜欢煲汤，久而久之，很多"祖传汤料"就此诞生。

正午时分，所有粉店里都坐满了食客。男子自称"粉仔"，女孩自称"粉妹"。大家聊天，都会说到哪家粉店口味地道，然后相约而去。十年前的南宁，城市管理还不算严，粉店里人满为患，就在外面的空地上摆桌子。

实在没有座位，就索性在榕树下蹲着吃。路边停满了奔驰、宝马，也有很多电动车、自行车。无论是老板还是伙计，白领还是草根，都能心平气和地在同一个屋檐下并排而坐，津津有味地享用米粉。

这是我来南宁之后看到的最不可思议的一幕。这时我才惊讶地发现，米粉具有一种强大的亲和力，让不同阶层、不同身份的人拉近距离，使他们在这一刻不再有贵贱之分，而是相互平等，这是多么神奇的一件事。我在南宁生活的时间越久，这种场面就见得越多，后来，我终于明白南宁何以能成为东盟经贸中心——正是米粉的亲和与包容，让南宁人形成了"不排外"的特殊性格。

南宁人无论是语气还是心态，都像米粉一样温暖平和。在这里，你几乎看不到北方人的那种吆五喝六、咄咄逼人，更没有大口吃肉、大碗喝酒的豪情。南宁人性格内敛，不太张扬自己的个性。

因为不排外，南宁包容、吸收、接纳新鲜事物，与此同时，也使得外来人口剧增。目前中心城区（青秀、兴宁、江南、良庆、邕宁、西乡塘）的人口已达 300 万，而土生土长的居民所剩无几。

二

大多数米粉都有一股韧劲。北方面食筋道，南方米粉亦是如此。面食能做的食品，米粉同样能做。比如，米粉可以做成粉包、粉饺、粉皮等。米粉的韧劲，就像南宁人乃至广西人最具有代表性的性格：包容、不排外，但并不软弱。被人欺负了，南宁人可能会息事宁人，不过多计较，但如果对方欺人太甚，被逼至墙角走投无路，他们内心的愤怒就会爆发。

明朝嘉靖年间，58 岁高龄的广西田州（今百色市田阳县一带）瓦氏夫人率 6000 多名广西狼兵，从南宁出发，经梧州前往东南沿海，与戚继光、俞大猷一起抗击倭寇。狼兵骁勇善战，所向披靡。

抗战时，以李宗仁、白崇禧为首的桂军，一直是国民党部队中的王牌军，与日军进行过硬碰硬的较量。最著名的一次战役，即昆仑关战役，国军最精锐的部队与日本最强大的板垣师团在昆仑关相遇。这是中日在正面战场上规模最大的一次对抗。桂军由白崇禧、杜聿铭指挥，战斗持续半个多月。此役，国军伤亡约 2.4 万人，歼灭包括日方总指挥中村正雄少将在内的 4000 多人。昆仑关一战，再次打破了日军不可战胜的神话。

我实在想象不出，温暖平和的米粉，竟然哺育出如此血性的八桂儿女。

1948 年，为帮李宗仁竞选副总统，白崇禧将榨粉器空运至南京。白公馆常以地道的桂林米粉招待客人。李宗仁就任国民政府代总统期间，更是派专机空运桂林米粉至南京款待宾客。如此高规格的待遇，使桂林米粉闻名遐迩。时至今日，桂林米粉仍是粉中王者，用料简洁明快，根据个人喜好，口味随意变化，形成了味美价廉的特点。

这难以割舍的美味，实际上是离开故土、远走他乡的广西人对于稻作原乡的一份牵挂、一种怀念。

南宁的餐饮业未能形成自己的菜系，外地各大菜系在南宁皆有分部，但大多水土不服，步履维艰。但是，最不起眼的米粉店却越开越多，品种也日渐丰富，许多米粉品牌甚至开始了连锁经营。

三

这些日子，我正在为《中国国家地理》杂志撰写《稻作原乡》，这也是我来到南宁十年，对南方这片喀斯特山水进行田野考察的一次总结。十年来，南宁米粉给了我这个孤独的旅人温暖与抚慰。我已离不开南宁，离不开米粉，离开几天，就会很想。

整个广西都是一片神秘的土地，我在书中称之为"秘境"。这片土地让我视野开阔。很多人对广西有着严重的偏见，比如称广西为"文化沙漠"。中原人常有一种"文化底蕴深厚"的优越感。当然，这也是事实，北方气候干燥，让那些无以数计的古代典籍得以保留。

像南宁这样的城市，因天气湿热，竹简、绢帛、纸张等无法长期保存，故很多典籍流传甚少，但这并不代表这片土地缺少文化积淀。相反，与中原文化所不同的是，岭南地区呈现出文化的多元性、丰富性和神秘性。

例如，武鸣县甘圩镇一带，发现30多万年前的巨猿化石，南宁人6000年前曾经大量使用的大石铲等，都具有这样的特点。

再放眼整个广西，随便考察一个民族，就会发现一套独特的文化体系。

先民们通过神话、传说、山歌、岩画等形式让岭南文化代代相传。而这些在潮湿炎热环境中流传下来的文化瑰宝，至今仍深藏于八桂大地，鲜为人知。而对于我，这只是一个发现，就像行走在稻作原乡，四周是无尽的喀斯特山野，金黄的稻谷染遍千山万水。

有稻花香的地方从来都是阳光普照。南宁人的每一天都从米粉开始。到了晚间，通宵营业的各种米粉店在南方的夜里异常醒目，周而复始地诉说着这个城市对于米粉的热爱与深情。

"长大爷"的过去和现在

◎ 申 姜

提到东北三省的省会，大家比较熟悉哈尔滨和沈阳，了解长春的人并不太多。虽然它总能在"最具幸福感的城市"中勇刷存在感，不过恐怕连本地人都有点迷糊，长春到底哪儿显得那么幸福呢？

论时髦论风情不如哈尔滨吧？论现代化不如沈阳吧？

的确，它是东三省省会城市里比较平和安逸的，拟人形象接近一个饱经沧桑的东北老大爷——他往田间地头一蹲，边掰苞米，边冲你嘿嘿笑着说："吃了吗？到我家尝尝你大娘炖的酸菜？"

"长大爷"的过去

按道理，不到两百年历史的长春与大爷这种辈分扯不上边，但它命运多舛，经历清朝统治、俄日争夺，九一八事变后，长春沦陷，后被定为伪满洲国首都，好不容易熬到新中国的好日子，能不一脸皱纹吗？

如果看到长春的地图，你会发现这是个规划整齐的城市。南北为街，东西为路，道路笔直，城区像划开的豆腐块似的，方正得很。

其实长春主城区的构架是基于伪满洲国（长春当时被称为"新京"）的城市规划。在今日的长春街头，找到伪满洲国时期遗留下来的老建筑并不困难。它们大都散落在人民大街和新民大街附近，保存完好，各具特色，被统称为"八大部"（伪满洲国的八大统治机构：治安部、司法部、经济部、交通部、兴农部、文教部、外交部、民生部）。

从外观看，八大部建筑的外墙都采用了当时先进的瓷砖贴面。在绿树掩映下，庭院深深，显得典雅幽静。进入建筑内部，门廊上精美的雕花、淡黄色水磨石的楼梯随处可见，色彩沉静，工艺极为讲究。

如今的"八大部"已经变成了学校和医院，走的是"全心全意为人民服务"路线。身为长春人，上学也好看病也罢，少有不和"八大部"的老建筑打交道的。

我觉得，这些老建筑虽不会说话，但它们的存在，本身就有种鞭策的力量。长春人就是这样把历史摆出来让大家看，让大家用，坦坦荡荡，磊落得很。

"长大爷" 的奋斗

1953 年对长春来说是非同寻常的一年。这一年，长春成为新中国汽车的摇篮：第一汽车制造厂奠基开建。

为了建设"一汽"，全国总动员，成千上万的建设者汇集到了长春。不要以为这段历史与现在的长春人无关，事实上，这群有理想的热血青年大多再也没有离开长春。他们从此扎根于"一汽"，与长春休戚与共，血脉相连。

我姥爷也是在那年接受组织分配来这里的。最开始，全家人挤在安达街的职工宿舍里，条件艰苦，每天步行一个多小时上班。

他作为一名普通汽车修理工在"一汽"工作直到退休，经历过解放、红旗等著名国产车投产、下线的历史时刻。现在，他的两个外孙女都在拥有 12 万员工的"一汽"上班。

他这一代人是"一汽"最早的开拓者和奋斗者，对于长春这片土地的归属感和自豪感，也远比我们想象的要深刻厚重得多。

今天，汽车厂区用很多形式纪念着这段历史，厂区的主干道就分别取名为"东风大街""创业大街"。街道两侧还保留着很多当年的老房子（现为职工宿舍），最高不过三层，红砖绿瓦，每逢春天杏花绽放的时候，更是美不胜收。

此外，所有"一汽"新入职的大学生，实习课必须下车间深入生产第一线。相信生产线那巨大的轰鸣声，会成为很多年轻的"一汽"人终生难忘的回忆。

"长大爷"的讲究

长春人把人品好的人评价为"讲究"。"讲究"其实包括两方面：一是实在，二是大方。比如买东西，摊主们总会拍胸脯保证："我这人最讲究。"然后给你个一口价，懒得为两三块钱说半天。他们很直率地问你的心理价位，合适就卖，不合适一拍两散，欢迎下次再来。若是下饭馆，讲究的老板娘会提醒你："兄弟，菜差不多了。我家的码儿可大，吃不了浪费。"

总之，"长大爷"的子孙们人人争做"讲究人"，以斤斤计较、虚头巴脑为耻，以敞亮、直接、实在为荣。

如果发生了矛盾，双方当街吵架，三句内必提"没见过这么不讲究的人"。围观群众也爱问："咋回事啊，到底谁不讲究？"

东北人之所以喜欢吃饭抢着埋单，打车抢着付钱，一方面是天生性格豪爽，另一方面也是不愿意被人鄙视为"自私小气，不讲究"。当然，如果讲究过了头，就成了死要面子活受罪。超出能力范围的事儿，大包大揽地答应，过后不能兑现沦为笑柄的也大有人在。

总有人说东北人虚荣好面子，其实是误会了这块土地上老百姓的精神追求。他们并不是为了给谁看才做"讲究人"的，这叫自律，还带着点憨厚的傻气呢。"长大爷"的自娱自乐

论起自娱自乐，长春老百姓是最在行的，因为东北的冬天实

在太长了，天天窝在家里看电视实在不利于身心健康。

广场舞是长春人民玩剩下的。长春的老爷子、老太太们组织过五花八门、令人叹为观止的健身娱乐活动，有组织、有纪律、有生命力，最重要的是免费，像秧歌队、太极拳健身队、腰鼓队、徒步爱好者协会、二人转兴趣小组、民族美声唱法交流协会、冬泳队、老年模特队等等，这还不包括比较小众的毽球队和冰猴队呢。

通常天刚擦黑儿，吃完饭，人们就出动了。

在冬天，广场上、人行道边随处可见敲锣打鼓的秧歌队，人人穿着喜庆的队服，队伍前面有领队吹哨，还不时甩个手绢。要是夏天，居民区的空地上，总能听见民间发烧友们唱二人转或者《喀秋莎》。

当然，这些娱乐方式很难取悦长春的年轻人。他们更愿意夏天去南湖游泳、找个风景好的地方烧烤，冬天到净月潭滑雪或者泡温泉。但考虑到每个人都会变老，作为一个居安思危的年轻人，我打算没事也学学甩手绢。

前面曾提到长春人也迷糊自己幸福在哪儿，现在想来，大概就缘于这座城市的慢节奏吧。因为城市不算大，生活压力也还好，长春人蛮享受在这四季分明、大气爽朗的北方城市里过自家的小日子。去年长春市政府为解决交通拥堵，全市修建两横三纵快速路。老百姓戏称城市"跟刚被轰炸过似的"，没事就编各种段子自嘲。随着大部分工程的结束，享受到不堵车的好处，大家又觉得路没白修，开车简直爽极了。

得，今年长春的幸福感又要加分了吧！

在藏袍内吟诵着六字真言的男人
和他身旁疾驰而过的旅游客车，
便是古老的拉萨与今日岁月相融的结果。

锦绣河山万里 /

拉萨：往日的晚冕，今日的门

◎ 凉 炘

肥沃之地

纵观整个世界，似乎仅有一座城市的名字，与庙宇有关。

大昭寺，初名为"惹萨"，也是如今"拉萨"二字的发音母源。不知这是谁的旨意，如今看来，信仰之地，如此命名，妥当万分。

去西藏是许多人共有的心念。

拥塞的城市生活，或多或少消磨了肉身与天地的联系。于是，出于某种原始的、血液中流淌的本能，人的心中激荡出一种"回归渴求"——是一种对于冰川、净水、湖泊，以及苍翠植物、如洗碧空、纯朴食材的渴求。

因此，不知从何时起，作为藏地的窗口，拉萨和"洗涤心灵"

这四个字挂上了钩。在一些感性的传颂与营销中，这个城市突然被附加以明确的功能性。旅游行业策划者推出各类"心灵之旅"项目——在拉萨火车站附近的各类招牌上，常能瞥见"心灵"这样的字眼。走进城区，大大小小的酒吧、餐厅、纪念馆里，同样无时无刻不在贩卖着"洗涤心灵"的噱头。

而这个带着远古气息的城市，她并不在意被扣一顶如此的帽子，贴一个这样的标签。

当她真真正正地端起清水与哈达，为你敞开门时，问你一句，你"心灵的泥垢"在哪儿呢？长什么样子呢？往往，我们就突然茫然了……

这里是雪域草原，是川、滇、青、新四条进藏公路所指之地——这高原之冕的殊荣，归根结底，是大地的馈赠——拉萨河藏语称之为"吉曲"，而古拉萨所在地，则被人称为"吉雪沃塘"，意为"吉曲河下游的肥沃坝子"。在偏远的雪域高原，肥沃之地引人向往。人聚得多了，城市也就逐渐形成了。

迎宾之门

或许是由于缺氧的关系，初来拉萨的人，头脑往往会有不同程度的迷眩。兴奋地游荡在早有耳闻的八廓街，人总是可以感受到某种浓郁的、黏稠的气氛，这是一种极易引人回想过去岁月的气氛。

站在布达拉宫广场前，或是踩着那极陡峭的台阶，闭眼屏息，感到时光从未如此清冽。仿佛手肘轻轻一抬，便能顺着星河回到过去。转经的僧侣、磕长头的行者，仿佛都只在昨天。

城市当下的定位，决定了它当下的面貌。

如今的拉萨，更像是一座旅行者的暂驻之地。人多，车多，旅馆多，公厕多，街上常见专门的澡堂，供一些相对简陋的旅店的客人洗澡，洗一次一般要花费15元。拉萨和四川还有着千丝万缕的联系，进藏打工的四川人极多，以至于在拉萨街头，你常能听见四川话不绝于耳，偶尔瞥见川菜饭馆，也不必讶异。在菜市场里，卖菜的大多是本地人，卖鸡鸭鱼肉和调料的，基本都是四川人。

拉萨之所以被打扮得像个落脚点，像个打点行李、安顿睡眠，以便于再次上路的"临时城市"，不过是因为冰川、净水、湖泊，还离这里很远。不过是因为，人们心愿中的大造化、大风景，并不在拉萨。

每逢清晨，便可见到尼泊尔驻拉萨总领事馆门前排满了办理签证的人。而汽车站则无一日不是拥堵、喧嚷的场面，数不清的客车从拉萨出发，将已经看过一宫两寺的人们载向远处。于是，正午的拉萨显出几分落寞与清冷……历史中的藏地之冕，如今，成为一扇普普通通的迎宾之门。

所以，极少有外地人说他是留恋拉萨的。不论是在相机、日记，或是在脑海中，被更多记载的，必然是林芝、墨脱、纳木错，是阿里、日喀则、珠穆朗玛。

信仰之城

而她的复杂亦如宽容，古城似乎并不介怀做新时代的一扇门，一个机场所在地，一个公路的汇聚点。若有闲暇，不急着跟团四处赶时间，你其实可以在拉萨拐弯抹角的街巷里，找一家藏族人家开的茶馆，喝些地道的甜茶、酥油茶，再囫囵吞下一碗藏面。肠胃回暖时，晒着太阳，浪费着时间，哪儿都不去。这时，你便得以见到暮色中憔悴却温婉的拉萨。

你会注意到，藏族人行色匆匆，他们有着某个共同的目的——你或许能感觉到，有一双眼悬于拉萨城之上，目睹着这一切变化的发生，而不流露任何的悲喜。

我们来自五湖四海，我们要的是从未见过的高原景致；在他们心里，只有一处：拉萨。

朝拜是身体力行的礼佛行为，而磕长头，则是其中最得藏族人心意的一种。不论家乡位于西藏的哪个角落，启程前往拉萨之日，便是最好的日子。至于后面的三五个月，或是三年五载，那都是虚妄且无意义的计时而已。

五体投地，双手向前伸直。每伏身一次，以手划地为记号，起身后前行到记号处再匍匐，如此周而复始。遇河流须渡船涉水，则先于岸边磕长头足河宽，再行过河。晚间休息后，须从昨日磕止之处启程……

终到大昭寺的一刻，他们的脸上却也没有任何"终于到达"的喜悦，仍不时把头磕在栏杆或佛像的挡板上，随身带着酥油，见到油灯便用勺子舀一些放进去。望着他们一拨又一拨匍匐起落的背影，心中唯有满满的敬意。

或许，那层层叠叠的大山就是答案。

是信仰，是那大昭寺内所供奉的一切，让这片土地的承载力与人的欲望达成了良好的平衡。

拉萨这座城市以一种发散的模式分流着世界各地的游人，又以它强大的文化吸引力，吸引着世世代代的藏族人的脚步。

一进一出，一来一回。

在藏袍内吟诵着六字真言的男人和他身旁疾驰而过的旅游客车，便是古老的拉萨与今日岁月相融的结果。

拉萨河还在流淌，太阳不知怎么已经西沉而去。一个小姑娘，正在河边捧着语文课本朗诵着，她请我吃糌粑做的小糕点。我告诉她我明天要去日喀则，她认真地跟我说："那里不好玩的，那里又没有游乐场。"

坐上回去的火车时，我答应自己，
我，还会坐着火车来西藏，
带着最简单的行囊，带着最简单的心。

一个人的西藏

◎ 雪小禅

　　想去西藏由来已久，大概是太想去了，所以，真正动身的时候，觉得已经去过很多次了。不得不承认，这是很奇妙的感觉。

　　票是托人买的，因为太难买，都想坐着火车去西藏，那一定是不同于坐飞机的感受。直到坐上火车，还是恍惚，我真的要去西藏吗？

　　真的要去西藏了。

　　车晃动着离开北京时，车上有好多人在欢呼。西藏，于每个人而言都是一个美好的梦吧？在很多年前，听到过一首关于西藏的歌，"我轻轻一想，就碰到天堂。"在许多年前，看到过一本写西藏的书，马丽华的《走进西藏》，我知道，西藏于我而言，就是前世与今生啊！

　　独坐在窗边，手中放着安妮宝贝的《莲花》，那里面有西藏的气息，而绵绵的青藏线，给人一种铺天盖地的感觉。

青藏线，多么具有神秘气息和艰难险阻的一条线路。进入高原以后，高原反应就开始了，虽然做好了准备，还是觉得透不过气来。车内，有弥漫式供氧，有藏族同胞载歌载舞，有兴奋的年轻男女指着一匹匹野马说，看，野马！

有人嚷了一句："张林江，张林江。"其实是叫一个人的名字，满车厢的人都嚷着，在哪，在哪？大家把"张林江"听成了"藏羚羊"。

真正看到了藏羚羊，大家屏住了呼吸，生怕说句话藏羚羊就跑了。

高原上的景色真有一种悲凉之气，难怪我的一个在青藏高原当过兵的朋友说，你没到过西藏，就不知道那种大气和苍凉。

列车行驶到青藏公路一个偏僻的路口，我看见了一家姐妹饭店。开这家饭店的是一对姐妹，她们的丈夫都是青藏线上的汽车兵，后来他们在执行一次运输任务时不幸牺牲了。这对姐妹擦干眼泪忍住伤痛，决定在这个路口开家饭店，因为她们知道，驻守在西藏的部队的部分物资要靠这些汽车兵运上来，一路上风餐露宿，飞沙走石，命悬一线，他们是最苦的。她们开了这家姐妹饭店，给那些风雪路上的汽车兵一点儿温暖，一点儿力量，也有对她们逝去丈夫的怀念。也许她们也和那群汽车兵一样融入了这条青藏线。看着饭店外一排排的军车，我想，这些汽车兵也把这里当成了自己的家。据说，每次临走前，他们都向这对姐妹齐刷刷地敬礼。我突然想流眼泪，西藏，因为有了这些人、这些事，更显得生动而悲壮。火车到拉萨时，心里有一丝颤抖，我说，西藏，我来了。

布达拉宫广场人很多，大量的游客一拥而进，几乎到了摩肩接踵的地步。远远望去，布达拉宫在半山腰上，宏伟而雄壮。大昭寺前到处都是前来朝圣的信徒，顶礼膜拜，无比虔诚，一步一跪一卧一拜，手上的布套都快烂了。刹那间给我的感觉，恍如隔世。

我看着清澈似一滴眼泪的蓝天，忽然觉得心清心明。

来之前的浮躁之气荡然无存，所有的烦恼此刻显得那么渺小，小到尘埃中了。

晚上找到八角街附近的旅馆，一夜120元，还算干净。身上好像背了几十公斤重的东西，我大口喘着粗气，从火车上就开始吸氧，到现在更是离不了氧气袋子了。

我把剩下的药渣舔了舔，然后昏沉沉地睡去。

天亮后，遇到也是单独来西藏的几个人。门口有"黑导"，带我们去纳木错，每人400元，我们还了价，最后380元成交，8个人，包括一个日本人。

我带了6袋氧气，不停地吸着。

还是觉得胸闷。

可一路上大家特别兴奋。日本人没有带氧气袋，他掏出200元钱，要买我一个，我摇头，他又加了100元，我还是摇头。

他难过地低下头，我递给他一个，然后摆着手，不要钱。在这种地方，简直有了相依为命的感觉。他几乎落泪，满怀感激地看着我。

四个多小时，到达纳木错。

我呆了。

那么纯净的水，那么清澈的蓝，我忘记了头疼，忘记了身体好像要散架一样，奔了下去，几乎是扑到它怀里。

刚才还是晴天，一下子来了云，雨很快淋湿了我们，可是，没有人动。

雨一滴滴落到湖里时，我们粗重的呼吸都可以听得到，有人说了一句，天堂，真是天堂。

才一会儿，雨停了，出了彩虹。我拾着湖边的石头，然后装进包里，这石头如此圆润美丽，有几千年了吧？

回到拉萨，我开始发低烧，楼下的诊所就有大夫，他说，你高原反应太厉害，建议回家，凭医生证明可以买到最近的火车票。

我拒绝了。我还要去日喀则。

还是找人搭伙一起去的。

还是"黑导"，一个藏族小伙子，浓眉大眼，又黑又红的脸，汉语说得不流利，可是，他长得很好看，真的很好看。

上了车，吸氧，然后给朋友发短信，告诉他们，这个地方，来了之后，就是挑战生命，千万不要来。之前，我的两个画家朋友来过西藏，一个来过之后再也没有回去，娶了一个阿里的姑娘，现在就住在阿里，过最简单的生活——从前，他在繁华的北京城里过着奢侈的生活。而另一个，他出家为僧，素衣素食，从此，只画西藏。

朋友说得对，西藏充满了神灵之气。

这种神灵之气，会让所有人的内心被涤荡一遍。

四个小时就到了日喀则，听着小伙子唱调子很高的歌，听不懂，可真的是很好听。三个小时，到了定日县城，驻扎在珠峰大本营。看到了雪山，浑身一个激灵，人已经快不行了，可心在狂跳，跳到了嗓子眼儿上。信号不好，我打了电话给朋友，他问，你怎么了？我哽咽着说，我心里难受，说不出的难受。

想去的地方还有很多，比如阿里，比如林芝，比如墨脱。可是，我知道应该回去了，因为，得给自己留个念想。

在西藏不过四五天，却觉得过了一生。

有的地方就是这样，来过了之后，仿佛找到了前世与今生，哪怕只是短暂的相逢，也难以忘怀。

就像遇到的爱情，遇到的有缘人。

所以，离开西藏时，请允许我的眼睛有微微的泪湿。

所以，坐上回去的火车时，我答应自己，我，还会坐着火车来西藏，带着最简单的行囊，带着最简单的心。

再见，我一个人的西藏。

我们中国人，
其实都该算是神农氏的后人。
全人类的财富，最初都是由土地所得的。

锦绣河山万里 /

茶村印象

◎ 梁晓声

一阵雄鸡的啼叫将我唤醒了——只不过是醒了，却未睁开眼睛，以为自己仍在睡梦之中。

我躺在四川蒙山地区一个茶村里的一户茶农家的床上。那是一张很旧的结构早已松动了的床，显然是由乡村木匠做成的，少说也该用了三四十年了。在床的对面，并排放着三只木箱，看上去所用的年头比那张床还要长久。木箱上是一床棉絮和几摞旧衣服。

这个蒙山地区的茶村，乃是友人的家乡。

我是打算为自己寻找一处远避都市浮躁和喧嚣的家园而来到此地的，并且已在我朋友的家园——确切地说，是在他哥哥嫂子的家里住了三天了。我朋友的老母亲，和他的哥哥嫂子生活在一起。

朋友没骗我，这个茶村，果然是我喜欢的地方。此地海拔千余米，四周环山，皆小峦，植被茂盛葱茏。不至山前，难见寸土。

那绿，真是绿得养眼！又因此地多雨，且多于夜降，晓即停，昼则晴。故那绿，几乎日日如洗，新翠欲滴。我已钻入过近处的山，是的，植被厚密得非钻而不能入。小径还是有的，是茶农们砍竹砍树踩出来的。然而最长的小径，也仅到半山腰而已。估计在山顶上，连茶农们的足迹也是没太留下过的。

该茶村虽也是村，但和北方以及中原地区的村的概念大相径庭，家宅极为疏散。茶村被一条路况较好的水泥路劈成两部分，而每一部分，又以相邻的两三户人家为一个小的居住单元。这样的一些小的居住单元，东一处西一处，或建在路边，或建在山脚，其间是他们连成一片的茶地。

茶农较之于中原及北方地区种庄稼的农民，其收入毫无疑问是有了极大提高的。首先是茶树不至于使他们的汗水白流，更不会使他们年底亏损。而且，每天采下来的茶，都可以到几里地以外的收茶站卖掉，转身回家时兜里已揣着钱了。茶农好比是采茶工人，不是按月开工资，而是每天开工资。钱多钱少，由茶的质量和数量而定。若谁觉得自己今天兜里揣回家的钱太少了，那么就只有要求自己明天早起点儿，手快点儿了。

清明当月的原茶价格最贵，每斤当日采下的茶尖傍晚可卖到30元，甚至35元。据说，有的采茶能手，一天可采六七斤。而有的人家三四口人全体出动，几乎终日不歇的话，每天竟可采够三十几斤，日收入近千元，或千余元。采茶能手不再是采茶姑娘。

此村计划生育工作实行得很好，以三口之家最为普遍，而且下一代又确实多为姑娘。但清明当月，茶农们的大小姑娘，都在学校里上学，采茶之事不太能指望得上她们。她们的父母也都不愿为了多挣些钱而影响她们的学习，所以如今村里的采茶能手，反而尽是姑娘们的中青年父母了。45 岁以上的人也根本不能成为采茶能手了，因为采茶是一件需要好眼力的事情。我曾帮友人 74 岁的老母亲采茶。茶尖老人家已经是采不了了，我的眼力也不行。我帮老人家采大叶子茶。大叶子原茶最便宜，每斤才七角几分钱。我帮老人家采了两个多小时，估计才采了二两多一点儿，以钱而论，只不过挣了一角几分钱，还不够买半个馒头。但我已是汗流浃背，头晕目眩，颈僵而又臂酸了。我只得请老人家原谅，讪讪地逃离茶地，回到她家，替主人们打扫房前屋后的卫生去了。

　　清明当月，有那心疼父母辛劳的小儿女，也会同父母一起四五点钟便起床离家。那时天刚亮，但是已能看得清新绿的茶尖了。小儿女们帮父母采两三个小时茶尖，然后赶回家匆匆吃口饭，再急急忙忙地去上学。那两三个小时内，采得快的小儿女，也是能帮家里挣五六元钱的。茶农们一年的收入假如是一万元的话，清明当月所挣的钱，至少在三四千元。清明当月，对于茶农，是黄金月，也是他们的感恩月。在那一个月里，白天家家户户几乎无人。但凡能劳作的家庭成员，都会争先恐后地终日忙碌在茶地里，都会要求自己在挣钱的黄金月里为增加家庭收入而流汗、出力。

　　茶树是这样的一种植物，在适宜其生长的土地上，在多雨的亚热带气候条件下，在湿度较大的环山区域，人越是勤快地采摘，它的新芽也便一茬接一茬高兴地奉献不停。仿佛人采它，恰恰体现着对它的爱心。仿佛它是一种极其渴望被爱的植物，而不停地长出新芽是它对茶农的报答。

清明当月，又可以说是一个累死茶农无人偿命的月份。

在那一个月里，从天刚一亮到天黑为止，茶地里远远近近尽是茶农们悄无声息的身影。他们迈进家门只不过为了喝口水或吃口饭。

那一个月里，茶农们全都变得话少了，累的。即使一家人，能不说话就明白的意思，相互之间也都懒得开口说话了。卖茶回来，他们往往倒头便睡。在梦里，也往往还采茶不止呢！

过了清明，茶价一路下跌，即使茶尖，也由三十几元一斤变成二十几元一斤再成十六七元一斤了……

我住在茶村的这几天，每斤茶尖已降至14元了，而大叶子茶，已降至6角一斤了。幸而这几天夜里阵雨颇多，拂晓则晴，茶叶的长势，仍很喜人。茶农们，也就仍像清明当月那样早出晚归，被鞭赶着似的勤采不止。无论原茶价格已多么便宜，采，当日便多多少少有些收入，不采，便一分钱的收入也没有。在他们眼里，一畦茶秧所新生出来的，分明是一枚枚的钱币啊！白天，我已经难得见我友人的哥嫂和老母亲一面了，只有在晚饭桌上，我才有机会和他们说上几句话。白天，我等于是他们家的看家人，也是整个茶村唯一的一个悠闲的男人。从七月份到年底，他们大约还是闲不下来的。只有冬季的两三个月，他们劳累的身体才得以歇养一段时日，而那也正是茶秧"冬眠"，不再发芽长叶的季节。昨天，老妈妈在晚饭桌上告诉我，她和儿子儿媳3人，一天采了十三四个小时，共卖得三十五元多。她儿子用那笔钱，为我买回了一只十来斤重的大公鸡，而今天晚上一定要炖给我吃。老妈妈说得很高兴，仿佛用她和儿子儿媳十三四个小时的辛勤劳动为我换回一只鸡，是特别有理由高兴的事。但是她后来吃着吃着就打起了瞌睡，饭碗也差点儿失手掉了……

我正是被那一只单独关在笼中的大公鸡啼醒的。

我站在二楼的廊上，看了一下时间，才六点多一点。我眼前，远远近近，尽是茶农们的身影。茶农们采茶那一种劳动，决然是悄无声息的劳动。

二楼的一张桌子上，铺了块塑料布，而塑料布上，已摊着这一户茶农不知是谁采回的一些茶芽了，大约有二两。我情不自禁地将那些茶分成了两份；接着又将其中一份分成了十等份。我再数其中一小份，共二百九十几枚新芽。那一小份约一两，时价一元四角钱。那一元四角钱，要由近三百次采放的动作才能挣到……

友人其时打来了电话，问这茶村是否符合我的"家园"理想？

我嗫嚅着不知如何回答，放下电话竟想到了民间对我们文人惯常所讥的一个词，那就是——"酸臭"。

这一天主人们回来得较早，因为要为我炖鸡。

老妈妈又采了满满一大背篓大叶子茶,一进门就让我帮她称一称——十二斤多,值七元多钱。

74岁的老妈妈于是欣慰地笑了,紧接着她背起茶篓就去卖。我要替她去卖,她拒绝了。她说卖茶是她一天最高兴的事。我陪她出门,74岁的老妈妈又对我说:"儿有女有,不如自己有。万一我哪一天病了呢?我要趁现在还能采,抓紧时间为自己挣下点儿医药费,免得到时候完全成了儿女的负担。"

望着老妈妈佝偻着身子背着大背篓渐行渐远,我心亦敬亦悲……

回到屋里,我将所带的几千元钱,悄悄掖在老妈妈的褥子下。我想,我的老母亲已去世了,就算友人这一位74岁的老妈妈是我的一位干妈吧,那么我的做法岂不是很自然吗?

我又想,我们中国人,其实都该算是神农氏的后人。全人类的财富,最初都是由土地所得的。只不过在21世纪的今天,在中国,还有一位74岁的老人家,如此这般接近本能地辛劳着,令人难免会产生一种古代感。而她的身上,在我看来,还似乎有着一种超农的神性。那神性使我这种到处寻找所谓"精神家园"的人反而显出了精神的猥琐……

呼伦贝尔，天边的幸福

◎ 白云苍狗

呼伦贝尔的远

我在呼伦贝尔度过了人生中最幸福的时光。

那一年冬天，他跨越 3000 公里、60℃的温差，把我从深圳豪迈地"掠"走。他带着我坐了 26 个小时的火车到了北京，在北京逗留一夜，第二天乘最早的一班车，又坐了 28 个小时。火车进入呼伦贝尔境内，又在铺天盖地的雪原走了 5 个小时，才到达市府所在地海拉尔，这还只是呼伦贝尔的腹地，远没有穿越全境。

那一年我 26 岁，领悟到坐火车才能体会祖国的辽阔。

我从呼伦贝尔寄了一张明信片给广州的表姐，她吓了一大跳，以为我要"出口"了。是的，呼伦贝尔市，是内蒙古自治区下辖的地级市，以境内的呼伦湖和贝尔湖得名，在中国地图上最上端的位置，总面积为 26.3 万平方公里，相当于山东省与江苏省两省面积之和。被美国《国家地理》杂志称为"世界上最美丽的草原"的呼伦贝尔大草原就在这里。

时至今日，我依旧能感受到当初要奔赴呼伦贝尔大草原时内心的澎湃和激情。没有机会生在山里，没有机会长在海边，可总算有机会来到草原，哪怕为此，斩断滚滚红尘。

呼伦贝尔的他

我们住在半山腰，爬上一个圆润的山坡，就是一望无垠的大草原。那里的天蓝得好像幕布，我们在草原上撒开脚丫子疯跑，头顶的云朵变幻着不同的形状翻滚着追逐，跑累了，我们就四仰八叉地倒在草原上，看头顶的云朵奈何不了我们，自顾自盘踞着或者飘远。

身边的小草微微地摇晃，漫山遍野的小花用力地绽放，眼角的余光看着一只小虫爬到我脸旁边的小草上张望，我们屏住呼吸，然后突然放声歌唱，不远处刚露出脑袋的土拨鼠吓得嗖的一声缩回去，没几秒，从远处的洞里连跑带逃地消失在我的视线外。

他温柔地微笑，陶醉于我长发的清香，轻轻吻我的脸庞。周围的牛羊安静地吃草，偶尔有一只"山羊猴子"看到我们亲热，就会调皮地扮个鬼脸，蹦跳着去绵羊那边。山羊活泼好动，横冲直撞，牧民喊它们"山羊猴子"，而绵羊就是笨羊。一群笨羊中总会养上几只活宝般的"山羊猴子"，温柔的绵羊总是让着它们，不嗔也不恼。

呼伦贝尔的羊

他家的那片草原上，常常能看见一位老人优哉游哉地漫步，和他的羊一起。

夏天是呼伦贝尔最热闹的季节，无数的游客从四面八方涌来，如潮水，如飓风。他们留在草原上的矿泉水瓶子和塑料袋有时会被草原的风卷起，挂在牧场的铁丝网上，远远看去，好似旌旗。

老人就带着他的羊和一个袋子，羊吃草，他捡矿泉水瓶子和塑料袋，瓶子卖掉换盐和米，塑料袋就送到垃圾场。那只羊偶尔想吃塑料袋，如果老人看见，就用树枝打一下它的头，它就走开，继续吃草。有时候我们看到老人打羊，羊吐下舌头走开时，觉得特别温馨。

有一个冬天的夜晚，暴风雪，邻居被一阵奇怪的敲门声惊醒，提心吊胆地开了门，居然看见老人的羊。它跪在门口，瑟瑟发抖，邻居们拖也拖了，打也打了，它扑闪着无辜的眼睛，就是不进屋。

后来，邻居冒着雪走出家门，羊飞快地走在前面，大家才若有所悟。那夜，老人喝多了，倒在雪地里，邻居到的时候老人都快冻坏了，他们赶紧把老人搀扶进蒙古包里，那笨羊抖干净雪挨着老人卧下，朝着老人的脸庞大口大口地喘息，升腾起热气来。

后来我们才知道，老人的孩子都去了城里，前些年，老伴没了，老人就独自生活。孩子说不让老人再受放牧的苦，可老人终究还是执拗地带着他的羊，回到了草原。

老人常常念叨，羊就和他的孩子一样。

不同的是，他的孩子给他钱，他的羊陪伴他度过晚年。

呼伦贝尔的筵席

我有一位矫情的女记者朋友，有一年捏着鼻子来呼伦贝尔采风。之所以这样形容她，是因为她上飞机之前反复交代："我这个人，一辈子闻不得羊肉膻味，最好活羊都不要让我看见，我饿死都不吃一口羊肉，而且，我不喝酒，你是知道的！"

我带她去草原深处的蒙古族牧民家里做客。那是傍晚，老乡们黑红的脸蛋上洋溢着腼腆的笑容，对于一拨儿从遥远的大都市来的能言善辩的汉族朋友，平时说着蒙古语的他们木讷得几乎只会傻笑了。

但是他们招待起远方的客人完全不含糊。走到羊群边，抓住一只肥羊，用很短的时间大卸八块，还灌了血肠，架起柴火，支起一口大锅，把清水倒进去，大块的羊肉下锅，汤开肉烂，捞出肉来放在大盘子里端进蒙古包，这就是原汁原味、久负盛名的"手把肉"。

煮熟的血肠、心、肝、肚放在另外一个大盘子里，旁边有几碟蘸酱，分别是盐、野韭菜花酱、辣椒酱、麻酱。呼伦贝尔盛产野韭菜，加盐做成野韭菜花酱，吃手把肉的时候蘸上一点儿，不仅羊肉膻味全无，韭菜的鲜香之气、花朵沁人心脾的芬芳加上酱汁的咸香饱满，入口令人神清气爽，非常满足、畅快。

蒙古包里的大锅抹上黄油，撒入牛肉干、炒米、奶皮子，放上砖茶，倒入醇香浓郁的鲜牛奶，用勺子轻轻地搅拌几次，奶茶的香味就弥漫开来。

主人在每位客人席前放一把小刀，用来吃肉。放肉的盘子里有一块特殊的肉，是羊肩，也被称为"团结肉"，象征着团结、友爱和兴旺，在座的宾客都要吃上一块。

摆上蒙古族人爱吃的果子点心、乳酪酸奶，配上当地盛产的野生蓝莓酱，端来草原上的烈酒或者马奶酒，哈达一献，酒杯一端，点心一吃，奶茶一喝，手把肉一抓，蒙古族老乡悠长深情的歌声就会婉转地响起，奔放热烈的舞蹈就会欢快地跳起。

蒙古族的酒文化非常具有民族特色，敬酒歌接近尾声时，敬酒者就会低头、弯腰，双手把斟满美酒的银碗举过头顶，向客人敬酒。一般会连敬三杯：第一杯感谢上苍恩赐我们光明，第二杯感谢大地赋予我们福禄，第三杯祝福人间吉祥永存。

试想一下，在一望无垠的大草原深处，蒙古包的炊烟袅袅升起，奶香、肉香一阵阵直往人的心脾里钻，歌声令人动容，美酒让人陶醉，大家头顶同一片蓝天，脚踏同一片草原，苍茫大地的辽阔和个人沧海一粟的渺小，人与人之间的亲密无间，无不让人心中豪迈顿生，豁达之感瞬间引爆。

那天，我那位号称不喝酒、闻不得羊肉味的女记者朋友，喝得满脸通红，抱着大块的羊肉和骨头吃得头都不抬，随行的摄影师被吓到了，捧着"大炮筒"拍了好几组她饕餮美食的镜头。从此，她逢人必说，呼伦贝尔的羊肉真好吃啊……她就这样被呼伦贝尔征服。

呼伦贝尔的滋润

呼伦贝尔大草原的牛奶棒极了。我刚嫁过去时，得知邻居家养牛，便每日订两斤奶，早上一斤晚上一斤，那牛奶熬到温热时便会结一层厚厚的奶皮子，用筷子轻轻地挑下来迅速吃掉，很快就会结第二层。奶皮子我百吃不厌，然后喝上一口牛奶，醇香得令人欣喜，好像母乳一般纯净又醇厚。

一个新婚的小媳妇，每天喝着原生态的牛奶，在草原上晒太阳，看云彩，身旁有俊俏的草原小伙儿盈盈地对着她笑，隔三岔五吃肉喝酒，唱歌跳舞，在云彩下奔跑，在夕阳中漫步，在月下卿卿我我。体验了生命中从未有过的纯净与单纯，心中的琐碎与纠结在茫茫草原中豁然开朗。

喝了一年牛奶，昔日南方的同事来探望我，惊呼："天啊，你居然长个儿了！"是的，我喝了一年呼伦贝尔的牛奶，居然长了两厘米。

如果你爱喝酒、能吃肉、会吟诗、擅歌舞，那你简直就是为呼伦贝尔生的。如果上述你都不会，那你到了呼伦贝尔也不会觉得寂寞，这里的每片云彩都够你端详，每个湖泊都足以让你畅想，每片草原都能让你徜徉，如果这还不够，那你只要交往几位这片土地上爱撒欢奔跑、爱讲故事的朋友，那你的世界就会瞬间被颠覆。

呼伦贝尔究竟有多美，究竟有多好，我最后用一句话来概括：离开呼伦贝尔，我一不再抬头看天，二不再喝牛奶。

荻港村小得不得了，在地图上都不容易找到，
可是它又大得不得了，
它代表着审美取向，代表着文化价值，
代表着文明古村
的命运和前途。

最好的江南小镇——荻港村

◎ 舒 乙

在著名的江南六小镇之外，我终于又找到一处，也许是更好的。它叫荻港村，在浙江湖州市和孚镇，位于浙江北部的最西边，差一点就到安徽省了。

说"更好"，是因为荻港村更古朴、更完美、更幽雅，原汁原味，实属难得。

据说，全浙江目前仅剩25座古村。我看过其中三四个，说实话，感觉都不如荻港村好。

荻港村是个绝版。

荻港村不卖门票，没有指路牌，没有任何标志，没有导游，当然，也没有游人，完全是个世外桃源，自己活得有滋有味，优哉游哉。

竟是一块没被发现的净土，这还了得。

没被发现，是指没被现代商业运作发现，虽然，后者无孔不入。一旦被发现，又是开发，又是拆改，又是房地产，又是商业旅游，顷刻之间，便会面目全非。

幸亏没被发现，一切照旧，村子面貌大致维持在四五十年前的样子。

走进村子，一条小河纵贯东西，隔不远就是一座一座石桥，年头都在300年以上。两岸全是廊屋，街廊带棚顶，不怕下雨。房子一律木质，当街还用一块一块的门板，而不用玻璃门。临河的小店铺各式各样，卖什么的都有，但绝不是时装店，也不是古玩店或者文房四宝店，更不是旅游商品店。柜台里摆的都是生活必需品和食品，还有一些服务行业，比如，理发店、小饭馆、油盐店、裁缝店等等，总之，都是为当地村民准备的。

我站在一家卖切面的小店前观看。只见来了一位女顾客，说要买馄饨皮。店主是一位五十岁左右的男人，他掀开白湿布，取出一摞用手摇压面机压好的宽面皮，摞起来有一寸厚，先用小木尺子量好馄饨皮的长和宽，用小刀切成小方片，多余的边皮去掉不要，留着回炉再用，再用带秤砣的杆秤约分量，重了取下来两张，轻了再添一张。一切都在顾客眼皮底下现场完成，十分规矩，虽然比较烦琐、费事，但是专为这位买主完成，可信度很高。女顾客付了钱，将馄饨皮放入小竹篮中，挎着满意而归。

我一下子看呆了。这种周到的服务真是久违了。

　　于是，我索性跨进店里去观察。我发现所有的机器都是手动的，没有电机，包括那台挺复杂的又老又大的切面机，店主人说这是他父辈传下来的。所有木器的造型都很古怪，一眼看去就知道很古老。经过询问才知道，那只像大水桶一样的家伙竟是以前烤烧饼用的烤箱，而另一只像马桶一样的大木桶竟然是专门设计的"钱桶"，来了铜钱就往里扔，现在废物利用当了座椅。我暗想，这些独特的传统木器样样都有进博物馆的资格。

　　小茶馆里人满为患，全是老头，清一色，一人抱一个搪瓷缸——这是茶杯，聊得非常热闹。茶桌的造型非常奇特，而且陈旧，一看就是老玩意儿，长方形，茶客坐两边，专为面对面。座位是条凳，无靠背。墙角炉灶边上放着起码三十个竹条编皮的暖水瓶。老头们看见有外人光顾，都极友善地主动搭话，很配合，愿意让拍照，可以随便录像。据说，偶尔有地县级的领导来视察，居民们还会主动夹道欢迎，鼓掌致意，仿佛是多年不遇的盛事——也是闲来无事，遇见一点小事，便很激动。顶怪的是，茶馆靠屋顶处有木杠，上面挂着一串大铁钩子，好像旧日猪肉铺里的肉架子。一打听，这是为远处的农民茶客挂东西用的，他们进村往往带着箩筐什么的，摆在地上碍事，不如挂在空中，又省地又保险。

　　理发座设在茶馆里，一切都是老式的，属于剃头刮脸那种，看着那老式的躺椅，那磨刮胡刀的皮子，真有种童年记忆的亲切。

　　天下着小雨，步行在廊街中，看着雨中安静的小河、石桥、小船、小店以及悠闲的村民，真是美不胜收，有一种步入仙境之感。于是，越加兴奋，逢桥便要上去站一站，哪怕是在雨中。站在桥中央，往左看往右看，可以看见上下河道的景致，也许能看出去五十米，也许能看不足二十米，这取决于河道的弯直。几乎隔几步就有一道下船的石阶，顺到河里，证明过去家家都有自己的船，乘着它去打鱼、采桑、出行办事。石阶、石堤、石桥都是用挺大的朱红色的麻石块筑成的，看上去很鲜亮。常有绿绿的无名植物由石缝中长出来，红绿相间，给敦实的石堤增添了不少生气。

村干部告诉我，这个村有 4000 村民，目前村民年平均收入 9300 元，不算低，多数在附近做工兼务农，很少外出，倒是有外地人到这儿来打工，说明这儿的生活稳定，自给自足有余。实际上村民做工是主要的，农业主要是鱼、蚕，稻已成了副业。白天上工，夜里回家干一干，农活也就顺手完成了。村民原来有一天吃四顿饭的习惯，下午三点还有一顿点心，很像英国绅士，吃点粥和豌豆饭，后者是一种用糯米做的凉饭，提前做好了，临时挖一点出来吃。有的还要吃半夜餐，日子过得十分安逸平稳。

荻港村是个古村，有千年以上的历史，而且有丰厚的文化底蕴，历史上这么个小村居然出过五十多名进士，近代又出了一大批留学生，以张姓、吴姓科学家、外交家居多。村口有两株粗大的法国梧桐，都已有百年以上树龄，还有一台手工压水灭火机，也是洋货，成为这里中西文化交流起步较早的见证。村旁有条河面相当宽的运河，是杭州经过湖州到太湖的水道，这是小村通向外部世界的交通要道，岸边全是水运货物的库房，如今多已作废，空闲在那里。夏衍先生改编自茅盾名著《林家铺子》的同名电影曾以这里为外景。

由于过去的文化辉煌和经济富有，先人们把荻港村建得相当有水平，它具备一切符合中国人审美观点的因素，是一座标准的江南美丽的村庄。

而且，幸好这美丽还没被粗放型的现代化改造所破坏。

荻港村正好处在十字路口。

面铺掌柜告诉我，他的儿女已不愿意继承家业，不愿意再卖切面，已经离村远去。村中其他的年轻人也大多如此，难怪我看见的村民，十之八九是老人和小孩。

我还发现，村中个别的房子已开始扩建，拆旧建新，变成水泥的，变成外表贴白瓷砖的。

这都说明，荻港村也正悄悄地开始变。它要走向何方呢？

它可能要向周庄看齐，向乌镇看齐，然而，这是一条必然之路吗？

十字路口，十字路口，前面的路在哪里？

我相信，这是个很严肃很重大的问题，看似只牵扯一个小小的江南水乡，实际上关联着千万个中国古老农村的命运。到底，是拆了旧的盖新的，盖成和外部世界一模一样的呢，还是有什么其他出路？这里头，可能首先牵扯到两件事：一是到底什么才算美，或者说，什么才是最有价值的；二是老式民居住着不舒服怎么办。前一个是判断标准问题，后一个是实际民生问题。

　　什么是最美的？鲁迅先生有一句著名的话，大意是越是民族的就越容易走向世界。这就是说，越是民族的、地域的、个性的，就越是能为世人所称道。

　　荻港村很符合这个标准。不要去动它，按着不动，原生态，原汁原味，就最好。反之，盖成楼房，贴了瓷砖，是不美，相对来说，是丑，对外人来说，是最不愿意看见的，因为全球化的楼房是司空见惯的，是常见，是共通，不稀罕了。物以稀为贵，这是朴素的真理，走到哪儿都一样。

　　对古城、古镇、古村来说，保持原真性、完整性、可持续性才是唯一正确的准则，也是世界公认的重要原则，放在荻港村是最适合不过的。

　　从这个标准出发，对荻港村，要提倡原生态，提倡古镇及其建筑的外形外貌不动不变，提倡老居民不动不迁，提倡原地老物件不丢不弃。这四个"原"就是"原真性"的体现。

　　技术上越新越好，文化上越老越好，这是一个世界公认的定律。然而，在我们这里，那后一半，即"文化上越老越好"，却常常被当成错误观点来对待，得不到认同。难怪，在我们这里，城墙保不住，胡同四合院保不住，古镇古村保不住，老是不把保护当政绩，只把建新的当政绩，盛行"不破不立"。

　　在意大利，在以古斗兽场为核心的罗马市中心区竟然是一片残垣断壁，一派破砖碎石，什么都不可动，都被视为无价珍宝，骄傲得不得了，说这才是最美的，为什么？因为它"老"，"老"就是人类文明的骄傲。

闹了半天，"老"才是判断美与丑的最高标准。

从这个观点看荻港村，它才是最美的，最有价值的，万万不可对它轻举妄动。

试想，如果北京的老城墙还在，成片的胡同四合院还在，北京早就进入世界文化遗产名录了，也会像罗马一样，每年引得全世界成千上万人来朝圣，不是吗？

湘西凤凰小城已经有了好经验，溪水旁的吊脚楼，外表都不动，还是木质的，内部现代化，结果，一个"五一"长假，引来了四十多万人参观，到了摩肩接踵的程度，当地村民都发了财。

所以，如果想不通，宁肯什么也不动，留给子孙后代去处理，而不把事情都在这一代人手中做完，后人也许比我们更聪明。

那民生问题怎么办？办不办？

也得办。不办老百姓不答应，年轻人不答应。

可以实行"四多"原则：修整内部实行多渠道投资原则，包括政府投资、个人投资、租用投资，这方面上海市卢湾区泰康路田子坊已经有很好的经验；实行多行业搭配原则，村里有最古老的有地方特色的行业和手艺，有家庭旅馆，还有时髦的商店，关键是不要千店一面；提倡多文化因素，有美术工作间和画廊，有美术写生基地，有设计创意公司；提倡多消费空间，有商业消费，有旅游消费，有文化消费，有服务消费。"四多"原则和"四原"原则正好搭配，前者动而后者不动，前者发展而后者保护，相得益彰。"四多"的动，可以在保护的前提下把古村引入现代社会，使之走出困境，养住人气，富裕起来。

还有一个"二先"原则要实行：一是先把基础设施工程做好，由政府用纳税人的钱来完成，让村民可以把上下水道、暖气、煤气、电等引入各家住宅，实现人居环境的现代化；二是要先把统一标准制定好，有法可依，准什么，不准什么，怎么改，都有标准，各家都要遵循，不可乱来。

万万不可把河道堵死，水乡水乡，就得有水有桥，这是灵魂，不可丢魂啊！

荻港水乡，是有极大魅力的中华文化的杰出代表，是无价珍宝，千万得保住啊！拜托了，作揖了，叩头了。

绝版万岁！

荻港村小得不得了，在地图上都不容易找到，可是它又大得不得了，它代表着审美取向，代表着文化价值，代表着文明古村的命运和前途。它肩上的担子可真重呀，因为它最美丽、最可爱、也最脆弱，真怕它承担不起这么重的压力。

还好，它自己还什么都不知道，无所谓有压力吧。真正的压力确实存在，那就是急于去改造它，去消灭它。我愿它成为一个成功的典型，它也应该是这样的典型，因为它有着轰动世界的潜力。

行在草原

◎ 安　宁

　　午后，我一个人背着相机，沿着伊敏河边的公路，一直朝高起的山头上走。牛们常常会爬过山头，到那边去吃草。看着山就近在眼前，可是沿着公路走起来，才发现路途其实很远。

　　一路上看到奶牛们在河边栖息、吃草，或者哞哞叫着，与不远处的伙伴交谈。它们低头吃草时发出的声响，像婴儿在母亲怀里幸福地吮吸奶汁一样。有时候，牛犊们会离开母亲，跑到别处玩耍，偶尔，就有走丢的牛犊，找不到回家的路。但是牧民们并不会太过担心，常常有一些牛犊，两个月后，天气转凉，突然就会出现在院子里，给家人们一个惊喜。

　　走了一个小时，还不到山的那边，想要拦住疾驰而过的摩托，又怕太过冒昧，只好在暴烈的阳光下，继续步行。不过很快阿妈就打来了电话，她大约从邻居家回来了，发现我不在，便习惯性地拨打我的手机，似乎怕我在草原上走丢了。我告诉她一会儿就回去，但她还是不放心，派了凤霞和贺什格图骑摩托车来接我。

摩托车果然快，一会儿便到了山的那边。只是，我以为烟囱冒着烟的地方，是某个人家在烧火做饭，不想，那里原来是镇上人的归宿——殡仪馆。大约，工作人员也知道殡仪馆不能开在镇上，于是绕过山头，在一片开阔到没有一户人家的草原上选址。镇上的人看到那个高耸的烟囱里冒出的缕缕青烟，并不觉得悲伤，所有人都安静地过着自己的生活。即便伊敏河每年都夺去至少两个蒙古族人的生命，镇上的人依然安居在河边，没有悲痛，也了无怨恨。

贺什格图说，去年夏天被伊敏河夺去儿子的小学班主任，已经基本平复了内心的伤痕，他常常看到她与人说笑，还在海拉尔区买了房子。人生如同伊敏河水，流到哪里去，他们不知晓，也不关心，如果当下可以快乐，那又何必去想明天？

我们三个人并没有回家，而是在贺什格图的建议下，去了附近的辉河自然保护区。辉河旅游景区的服务生都是镇上的年轻人。凤霞看到一个大男孩便飞奔过去，跟他热情地打招呼。男孩告诉我们许多关于景区的事情，我问他这片水域能不能钓鱼时，他很认真地说："当然不能，这里是保护区，逮到要严惩的。"正说话时，一个游客将石头一块块地投到河里去。男孩立刻生气地朝他喊："嘿，不准朝河里扔石头！"那游客抬头看一眼我们，灰溜溜地走开了。我有些感动，为这样一个明显没有读过多少书的男孩对草原与河流近乎较真的爱。

在辉河的繁育中心，我看到了许多大雁、丹顶鹤、白琵鹭，还有5只从小饲养大还没有放生的狼。繁育中心很大，但只有5个工作人员。看到我们进来，其中一个年轻的蒙古族小伙子热情地用摩托车载着我们，为我们带路。我忽然有些后悔，几个小时前因为怕冒昧而不好意思拦车，其实但凡你主动打一声招呼，当地的蒙古族人几乎都会以一种你想不到的热情，为你带路，或者载你一程。

当我们来到狼的居住地时，其中的一只狼明显紧张，不停地在笼中走来走去。我问饲养员："它怎么了？"饲养员说："它害怕你们。"我不解，又问："狼怎么会害怕人呢？一向都是我们人类害怕它们的啊。"饲养员很亲密地拍拍其中一只狼的脑袋，任它用舌头舔舐着自己的掌心，而后淡淡地说："很多时候，人比狼更可怕。"我不得不承认，对于自然来说，人的确比狼更为可怕。我们破坏生态的速度，比任何生灵都更为可怖。

在辉河的对面，隔着一条小路，是一顶孤零零地坐落在草原上的蒙古包。那户牧民家养了几百只羊、几十头奶牛，男主人骑马看管着羊群，一只大狗跟在马后奔跑，另有一黑一白两只小狗，穿过圆木做的大门，嬉闹着奔跑出来。

我们并没有在辉河看到太多的水鸟或者大雁，因为时值正午，它们都躲到芦苇荡里避暑去了。所以放眼望去，只看得到粼粼的波光和一丛一丛的芦苇，在蓝天下，静默无声。

因为黄山，徽州多了水墨之味。

那水墨之味的水气和墨气，

黄山贡献了很多。

水墨徽州

◎ 雪小禅

一

一想到徽州，心就是软的，像闭着眼睛临摹一幅水墨画。青的山、绿的水、白的墙、灰的瓦，那白墙灰瓦掩映在山水间，掩映在天地徽州，恰逢一帘烟雨，烟雨中又有几棵古树禅意地立于青山前，简直是地道的中国水墨画，或者是行走的册页，每一页都晕染得这样恰如其分，不能多一笔，也不能少一笔，恰如其分的生动，不动声色地直击人心。

正是人间四月天，一个人在烟雨徽州看水墨。不大不小的雨，不多不少的水墨。丁香、油菜花、紫藤、杏花、梨花……简直像一场春天的大合唱，壮烈而奋不顾身地开着，映衬在徽州四月天，像那些动人的国画颜料：藤黄、鹅黄、朱砂、牡丹红、胭脂、湖青、二绿、三绿、头绿、茶色、花青……我枕着溪水入眠，听着清脆的鸟鸣声醒来，每天深夜都有雨声和蛙叫，简直舍不得睡去。早晨起来见远山如黛。花香弥漫——争先恐后地开，分不清哪种花香更令人迷乱。远处稻田有农民耕作，腰间放着收音机，黄梅戏的声音袅袅传来："你耕田来我织布……夫妻双双把家还。"是人间一幅田园好风光。

那段早晨的戏曲，大概是终生不忘的——因为夹杂着很多归隐田园之意，配上这四月的春花和远山的雾，简直是人世间大好。

我又去山下骑车。自行车是老凤凰，又大又笨。好极了。在碧山下的春风中骑着自行车，听着风呼呼地吹过。春风中有一种说不出的荡漾和迷离。油菜花和萝卜花在我两侧，我唱呀唱，就那么一直唱。花粉扑到衣服上，小蜜蜂也飞过来。远山的烟雾也飞过来。

这大概就是传说中的诗和远方了。

我像个孩子一样，来回骑着，舍不得这碧碧的山，舍不得这溪水，更舍不得这花香。

更迷恋徽州乡村的夜晚。

山村的夜晚如山般安静，又如山般诗情画意。花香、溪水、虫鸣、蛙叫、远山、星空，没有路灯，大概怕路灯惊扰了星空。我决定去山里走走。四月的黑暗是粉色的，诱惑人的黑，连风也是，有近乎透明的性感。飞虫扑到我脸上，痒痒的，我不忍心去拂。偶尔遇见蜘蛛网打在脸上，线缠上头发，黑夜证明了这奇妙的行走。水墨徽州在黑夜中显现出静穆和迷离，像黄宾虹的积墨。很多年前在中国美术馆看到过李老十的《十万残荷》，也是黑漆漆的一片，又黑又灿烂。哦，灿烂，我终于找到一个词来形容徽州的夜。

一条道走到黑，走到黑，还要往更黑里走。

并不恐惧。一个人安静地往深山里走着。月朗星稀，唱着戏，并被花香包围。

二

中途遇见寒玉，两个人一起走，并不多言。好的友情是保持一种距离之美，并非热络。太过热络的东西一定分崩离析。我们交往多年，已经适应了这种距离，但仍能抵达内心。社交低能耗，而且尊重它的独立性和个人空间，彼此存在界限。我一直这样，并且坚持到老。

她的客栈中服务员都是中年女人，徽州乡下的女人，年纪大的有50岁了。憨憨地朴素地笑着，烧徽州土菜给客人吃，非常地道的土菜，好吃极了。

"你怕野猪吗？山里有野猪的。"寒玉说。

"不怕。"

那天我们在徽州黑夜的山中走，走啊走，静空灿烂，内心一片平静，又一片绚烂。

表面上不动声色的人，内心却一片绚烂。

次日，与寒玉一起去齐云山。齐云山是道教四大名山之一。坐缆车上去，看到山下如海一样的油菜花田。山顶上的树让人怦然心动。四月的绿像初恋似的，绿得让人心跳加速。

漫山遍野的野杜鹃，开得如此妖娆甚至不顾一切。还有翠绿的黄山野毛峰，还有斑驳的宋代石刻。和店家讨了一杯新茶喝，与寒玉不说话，两个人静静地看窗外的村和山，春雨慢慢飘下来。

忽然了悟一些事情：美不自美是境界，其实心底下却有各自的惆怅，也有各自的远方，喝好当下这杯茶，并且生出喜悦就是禅。禅不是缥缈的，是生活的。

人生不一定有很多意义，但是，一定要有意思。比如做一个有趣的人、有意思的人、有灵魂的人、有光泽的人。总之，做一个好玩的人，既风花雪月，又柴米油盐；既有诗和远方，还有当下这杯好茶、这场好雨，以及面前这个心里能对话的人。

这些年一直在往外跑。也许是人到中年体会更深，到了一定年龄，行万里路比读万卷书更重要。那些走过的路、看过的山川、爱过的河流都在你的眼神中。这是更为深刻的一种写作，是对生命的赞叹和感激。行走，是精神力量最直接的表达，是精神内核的超级裂变，是听鸟入林深、复返得自然。

我们在齐云山走了很久，并且给很多树拍了照，并且告诉它们：春天真美，好好绽放。

与植物说话让我心神清明、干净清爽。

那天我穿了双 50 块钱的球鞋，中学生穿的那种；寒玉穿的是 10 块钱一双的"松紧口"布鞋。我们说山上那杯新茶真好，一嘴的清香和徽州山水味道。沉醉真是人生最好的黄金比例，万千人中，遇到、懂了，是恩典。

决定一个人去游古村落。西递、宏村、南屏、呈坎……依然那么喜欢看老徽州留下来的这些老房子。古建迷人啊——相对于山西古建，徽州古建更有文化味道和山水味道。每个村子中都有水，远处是青山，老房子更老了，但青山还是那个青山，依然在，更衬出老房子几百年的气场和气息，是活着的风景画。

我在老房子里喝明前茶。若无闲事挂心头，便是人间好时节。白墙灰瓦的老房子被光阴摧残成了张大千的水墨，更或者，是倪瓒的山水，斑驳的力量让人心生感动。其实那竟然是无限的性感了。隐隐的、压抑的、说不出的性感。

我便住到了老房子里，卧室居然还有天窗。雨砸到天窗上，好听极了。四月初还有些春寒料峭，真是"安得一春常如梦，卖花声里度春寒"。那寒俏得很，竟然有几分得意。

我便赖在床上听雨声。喜鹊落到屋顶上，吱喳乱叫。

我住的房子有几百年了，300 年前，这房子里住着徽商的姨太太。

那些老房子是徽州的灵魂，是山水间的画龙点睛之笔。如果没有了这些徽派建筑，徽州山水就没魂儿了。可是如果光有老房子没有山水，更是突兀——我在的城市有富商把徽州老房子平移过来，一砖一木拆了编号，再一砖一木盖起来，隐藏在钢筋水泥之间当会所，简直不能太突兀——离开了徽州山水的老房子是死在丝绸屏风上的凤凰，没了那口气。

在老房子中我常常做梦，梦到上辈子也在这儿住着，梦到穿长衫的男人，梦到徽州的雨和山水。这移动的风景更加江南。比起苏州、杭州，徽州是大江南的概念。古徽州包括一府六县，即歙县、黟县、休宁、祁门、绩溪、婺源。曾经的徽商简直富可敌国。顺治年间，徽州从江南划出，从江南划到安徽，如顶级富家女嫁给穷小子，一点点没落了。但从前的辉煌被时光冲刷后仍存印迹，便是这些祠堂和老房子。

我在老房子中还魂，听雨听不够。

三

想必汤显祖与我一样。这个没来过徽州的人却写过一首关于徽州的最好的诗：欲识金银气，多从黄白游。一生痴绝处，无梦到徽州。

这个"无梦"真好。我站在宏村的月沼前，站在桥上看春花，觉得无梦真好。我来过徽州十多次，但每次来，都仿佛初见。

徽州是有一种气味儿的。这种气味儿很迷人、很神秘，很难说清。惆怅的、迷离的、黏稠的、淡淡忧郁、压抑、灰色……却又性感。那是一种非常高级的气味、气息。越是高级的东西，越是暗淡，越是难以说清，越是张扬出一种逼仄的低调，像韩再芬演的《徽州女人》，压抑中绽放出一种迷离。徽州女人难啊。每个徽州女人都仿佛从樟木箱中走出，带着香气和压抑，穿着老丝绸走在老房子中，或许一生都没有走出她的那栋宅子，从生到死，始终一片灰蒙蒙。做大生意的丈夫又在杭州、扬州、苏州娶了姜，她守着公婆和大房子，到老。也许会赚来一座牌坊，也许一无所有。

我回家很久，徽州那个气味不散，有苍绿的阴气。我搬到小书房写字、画画，用阳气来冲刷那阴气，再泡浓茶。徽州是阴气的，但这阴气恰恰是中国文人的底色，有些惨绿，有些似秋天，有些病恹恹。

路过黄山时，我拍下一张照片——就是一幅中国水墨画。远处是黄山，黄山脚下是白墙灰瓦的老房子，一棵老树长在天地中间，老树下面是油菜花和萝卜花。正逢小雨，我在小雨中伫立良久，不肯离去。

难怪好友圆光会隐居徽州山中。

三年前他离开北京，说是要隐居。那晚的告别音乐会是我主持的。三年后他在山上结婚生子，有猫有狗、有茶有兰花，有朴素的生活。从去年春天，他就一直让我去山上小住几日，体会徽州之美。他说这三年他经历了婚姻、大病、生死、得失……最后学成中医，救了自己，得以重生，并且开始悬壶济世。原本生活在大城市的晗晗也随他上山，结婚生子，过朴素的生活。

山路泥泞，也终于到了。

远远看见几间茅屋，在雨中更有禅意。是日本风格的宅院，有枫，有松，有石，有风铃。

猫狗都在壁炉前烤火，四月的山中还是薄冷。圆光夫妻穿着布衣立在门口等我。他们买了几十亩茶山，今年忙于采茶、做茶、售茶，一屋子的茶，乱得没地方站。

圆觉也来了，于是都去小茶室喝茶。我穿上棉袄，圆光生了炭火煮茶，且将新火试新茶，一屋子的茶香。圆觉弹吉他唱歌，圆光又弹肖邦，只听雨声中有茶声、乐声、私语声。

晚饭吃得朴素，只两个素菜和米饭，我吃得香喷喷。猫卧在我腿上，圆光的孩子在我怀里，大家聊着天。

晚上开了电热毯睡觉，依旧觉得春寒逼人，还有老鼠。而圆光在三年的隐居生活中赞叹：最好的宗教就是生活，懂生活才懂在一起，最平淡的就是最好的，但也是最难的。

他们夫妻的衣服和鞋子上有补丁。

他们身上也有了徽州气质。

又在泾县遇见郑老师和小翟夫妇。我常年不用电脑，手写的宣纸本子是他们一直寄给我的。我们去喝茶看山水，又去黄山脚下的复松寺找常弘师父喝茶，遇见"80后"书法家厚洋和黑风侠，几个人每天吃徽菜吃到晕眩，每天吃掉几条臭鳜鱼，然后边吃边谈论书法与历史上的徽州人，不亦快哉。

在复松寺，常弘师父为我题写"听雪庐"和"惜君如常"。厚洋写了一首小诗给我，很有禅意——酷爱诗书画，难抛烟酒茶。偷来闲片刻，小院养梅花。他隶书写得极好，得金石贵气。在太平湖边吃晚餐看晚霞，看太阳一点一点落下去，远远的就是黄山，我想起有一年去黄山，在黄山松面前发了呆。于是决定再去黄山。

在复松寺听了钟声，去黄山看了松树，松在黄山有了仙气、妖气。我是在中年之后爱上松的，尤其是老松，我对盛开的花花草草也爱，但是是小爱；我对古松，是铺天盖地的大爱。

那些黄山古松，仿佛不谈风月和爱情的男子，中年男子，一身的傲气和傲骨，又挺拔又飘逸，我真想给自己起个名字，里面必有一个"松"字。这个字带着松松垮垮的超然气质，简直了。

几大名山，我尤爱黄山。黄山是从容而诗意的，远望黄山，一片云雾缭绕；近望黄山，似高僧得道。那雾是有重量的，沉甸甸的，那松是黄山的陪伴，是知己，是灵魂，是恰如其分的懂得。

因为黄山，徽州多了水墨之味。那水墨之味的水气和墨气，黄山贡献了很多。

我离开徽州时自言自语："明年四月，再来徽州。"我知道，那么隆重的人间四月天，只有徽州配得起。

那花环一般是女孩子们买的，而我却是个 40 岁的男人。

那清爽的花朵环在我的头上，

仿佛整个鸟语花香的世界都被我顶在了头上。

一个人的古城

◎ 汪 泉

凤凰汉子

去凤凰的车上，一个五十开外的汉子在我的攀谈下已经非常热情，他用凤凰方言夹杂着听不太懂的普通话对我说："下车不要乘出租车，太贵，他们还会宰人，划不来！就坐公交车，一路到江边，然后顺着江岸向前走，多看几家，哪家满意你就住哪家，还可以看看两岸的风景。"他微笑着，脸上充满自豪。他的设计实在是太美妙了，他又是这样的诚恳厚道，我的心情在期盼中加上他的热情，瞬间升温。

下了车，那汉子让我随他一起坐公交车，说就一块钱。上了车，那汉子大声跟司机唠叨了半天，我一句也没听懂，以为他是遇上了熟人聊天呢。"聊天"结束后，他转过身来对我说，下一站他就要下了，让我一直坐着，不要下车，等师傅说下车的时候再下，下车后穿过桥，然后顺着江岸向前走。我对这汉子更加敬佩了。中途下车休息，给他让烟他也不抽，显然他不是没有出过门的，他大概是怕我这个书呆子被别人蒙骗了。他的脸色不是南方人的白净，甚至有些粗糙，眼睛大大的，一直在我后面安静地坐着。现在他要下车了，转过身来对我说："就听师傅的，下车后过了桥，顺着江水走。"然后背着自己的大包，下车了。

我在车上想，这汉子像《边城》中的傩送还是天保？或许是像外公年轻的时候。

车路和马路

下了车立即有几个女人围了过来，要我去她们那里住。我说我有亲戚，她们笑着说："你有亲戚？是谁？"我笑着说："沈从文。"

她们笑了，没有再纠缠。我坚信车上那汉子说的话，不跟她们走，自己去旅店商量，她们是中间吃回扣的。我向桥的对面走，那几个女人说："从下面走，下面好……"我想，放着桥不走，从下面怎么过河？我不相信她们的话，头也不回地向前走。后来才知道，她们说得对，桥下又是吊桥，吊桥离水面很近，走过去就是岸边住宿的吊脚楼。

沈从文在《边城》里写到老船夫为了给孙女找到如意郎君，对兄弟两个再三考察。一日在河街碰到了老大天保，"就一把拉住那小伙子，很快乐地说：'大老，你这个人，又走车路，又走马路，是怎样一个狡猾东西！'"

"车路""马路"的意思是他不专一。而我却是专一的，就信那汉子的话，不料那些女人的话却千真万确。

眼前是滔滔的江水，水清澈得可以看见水底的石头，可以嗅到水香，是那种并不寒冷的清荡荡的香味。水岸边是新旧不同的吊脚楼，说是吊脚楼，其实已经没有吊脚了，房子的地基都建在青石板砌成的河岸上，一楼、二楼、三楼沿岸建成。我住进了一家看起来很新的吊脚楼。有了前面汉子的憨直和诚恳，有了我对那些妇女的无端怀疑，我没有跟店主讲价，我相信这是一个值得信任的地方。

暖被窝

我匆匆整理好行李，出门已经是下午五点半，走进了一家小饭馆，张罗的是一个小姑娘。我点了几道小菜，喝茶等饭，看江岸边的风景，偶尔回头看看她们的饭菜是否准备好了。突然，我惊奇地发现，她们的桌子上面铺着一床被子，被子的四面掉下来，搭在她们的腰身处，便看不见她们的腿了。趁那姑娘起身端菜的空儿，我看见桌子下面还有一个东西——小火炉！原来她们是这样取暖的。趁那姑娘离开，我赶紧过去坐在那桌子边，小火炉在下面热烘烘的，被子将那暖气包裹在里面，好暖和啊！

我问她这叫什么，她说叫被子。我开玩笑说，我也要个被子，那姑娘很滑稽地给我送来了一个杯子。我大笑。

我始终没有搞清楚这种取暖方式叫什么。

后来在大街上的店铺里处处可见这种景致，讲究一些的人家索性将桌布做成了长边的，足以遮蔽人的腿脚，里面是厚厚的棉芯，看上去和桌布无异，谁也不会怀疑这是"暖被窝"——我就这样私自命名了。

我想象，两个恋人以这样的方式坐在河边，欣赏着眼前的风光，在"暖被窝"里面温暖着彼此的手脚，是何等的浪漫。

河街

"河街"一词还是从沈从文的小说里面看到的，也是他童年每天要经过的。

河街的街面上是湿漉漉的黑石板，街边由长条的大青砖铺就，给人一种踏实的感觉。

旁边的城墙又是由红色的石墩砌起，城门楼子整个都是石块垒起来的。

曾经有人说过，欧洲的文明是用石头码起来的。不论是庞贝古城还是罗马大教堂，以及凯旋门、斗兽场，都是用石头建造而成。

中国的建筑都是用木头，后来加上了砖瓦，而文明的磨损程度似乎也和这些建筑材料有了不舍的关系。就是说，中国的文明一直是在被烧毁或者是自损当中，甚至是在天灾人祸当中香消玉殒，而欧洲的文明则坚如磐石。

这就是中国的庞贝古城吧！从清康熙年间到现在，这座古城已经有几百年的历史了。

我在的那几天，河街地面总是湿漉漉的，没有下雨，天总是雾蒙蒙的。走在河街上，没有声音，静悄悄的。河街的黑石板缝里是绿茵茵的苔藓，四角处还有小花偷偷开放。美不放过凤凰的任何一个细节。

老妇人的小花环

次日一大早，我从那家旅店出门，沿着河边继续前行。河边上一位老妇人坐在褐红色石阶上，旁边是一个竹篓，里面是花环。

那是碎小的黄色和粉红色的花朵编成的花环，编得很扎实，花枝缠绕得足足有小鸡蛋那么粗，花绕满花环的里里外外。湿漉漉的小鲜花密密地挤在一起，香气扑鼻。

"您老多少岁了？"

"78。"她一边笑一边比画。

她面色泛红，神气朗然，耳聪目明。

"这花是哪儿来的？"

"从山上采的，好多呦。"她望着对面的山坡说。

"编得真好，老人家。"

"玩的噻，没事干。戴一个嘛！"她笑着说。

我就戴了一个。老妇人朗声笑起来——那花环一般是女孩子们买的，而我却是个40岁的男人。那清爽的花朵环在我的头上，仿佛整个鸟语花香的世界都被我顶在了头上。

我掏出2块钱给了老妇人，她又爽朗地笑了。那笑声把我送出老远。我和那老妇人一样幸福。

神木的热烈

◎ 木　木

一

上大学的时候，宿舍四个人，我是最没见识的，其他三人都是城里的，见多识广，能说会道。梅子和我最亲，常指导我："虾子，看到没？那谁特别有钱，衣服全是名牌，她家是神木的。"我当时迟钝，懵懵懂懂，又害羞得不敢多问，怕被笑话。

可是，神木到底是什么？

后来，我谈了个男朋友，我叫他老李。他前后鼻音不分，在一起半年多我才知道，他叫李 X 兵，不是李 X 斌。

也巧，老李就是神木人，他整天跟我念叨："人家大柳塔煤多得跟海一样，卖一块地一人分好几十万，听说是半夜村干部喊了开会，一家家用麻袋往回抬钱。就我们穷，地不值钱，地下什么也没有，哼！"

直到那个时候，我才理解梅子那酸溜溜的总结——她家是神木的。

原来这就是神木。

二

2010 年国庆节，我第一次跟着老李去神木。

到老李家的第二天，我跟他去镇上找一个朋友，约好在银行门口见面。银行门口人很多。一位大叔来回踱步打电话，看得人眼花。我注意到他褴褛的衣衫的口袋里，是一厚沓崭新的百元人民币。那沓人民币使劲往外挤，惹得我呼吸急促，只差伸手去接。

突然就想起我妈逛县城的模样，她总是把大钞用手帕包了一层又一层，塞进裤腿，再用袜子束紧裤腿，掏钱时，还得找一个厕所，偷偷摸摸地取出来。

而这里，我细看周围，来来往往的人大都装满了钱，不提防人。

我感叹："你们镇的人真有钱啊，而且，竟然没人抢。"

老李说："什么呀！都是跟银行贷款的。抢钱？这又不是警匪片。"

我问："为什么贷款啊？"

老李答："贷款的都是想着赚大钱的，拿了钱去买别人的地，屯着，等煤矿企业来收购，倒手一卖，狠赚一笔。"

我又问:"那没有人来买地怎么办?银行不要钱吗?"

老李答:"肯定要啊。我们这儿有个哥们儿,银行来了人就往自家阳台一站,喊,你们别催了,再催我跳下去啊,跳下去你们什么都得不着。这样银行就没办法了。"

三

经过一片已经收割过的玉米地,一辆白色的宝马车慢吞吞地从我们身旁开过,停在地头。车门打开,走出一对年近六旬的老夫妻。他们下车后转身到后备箱跟前拿出来两把锄头。两个老人,在晨光的照耀下,背对着宝马,钻进了地头。

"就这样来锄地吗?"我笑嘻嘻地问老李。

"不然呢?"他一副不以为然的表情。

我心里出现的画面是:在遥远的关中平原上,我爸爸拉着传统的架子车,风风火火地奔向玉米地,架子车上是各种农具。

四

为了让我顺利爱上神木,老李特地绕路领我去了县城。还别说,这县城比我们那边的大好几倍。

我尽量让自己的眼睛追着他的手指,看到了光秃秃的只有阁楼没有绿树的山,再就是一条瘦瘦的河。剩下的全是楼,跟西安差不多的样子。一时恍惚,以为自己回到了西安,心生温柔:

"嗯，还不错。远比我想象得要亲切。"

绿色的大树，洁净的大道，道上奔驰而过的车辆，边上低头疾走的朴素路人同我家乡的大叔大妈大爷大娘，有着一色的容颜。

感情这东西说来就来，粗犷也有粗犷的美。

我沿着东山路向南，抬头望远处的阁楼、栏杆、辉煌的庙宇和高塔，向往无比，决定攀爬。有一段路十分陡峭，我连爬带滚地被老李拎上台阶，转身回望，入眼的是一个个如履平地的攀登者，是本地的神木男女，他们谈笑风生，根本不觉这山路的险峻。

老李说得没错，这地方的确有股二锅头的劲儿，烈。天不怕地不惧，错和对都搁一边，先去闯一遍，回头再来看。失败了，没关系，我等，等风来，重新振翅。

五

夜幕悄悄降临，华灯初上。街上车辆很多，喇叭声、刹车声此起彼伏，远光灯晃来晃去，在两山之间，繁华动荡不安。漫山遍野升起绚烂的灯火，闪闪烁烁，似星辰万千。

我没出息地惊呼："美，不可能更美了！真舍得花钱，连山都一厘米一厘米地装饰！"老李"呸"一声，为我的少见多怪汗颜。

白昼的神木是保时捷、悍马的天下，嘈杂无章；夜间的神木归于宁静，近山近水，格外温馨，加之两侧炫目的灯火，要多美有多美。

六

在广告牌上看信息，售房的最多，147平方米120万元，全款；98平方米70万元，全款……也有出租房屋的，两室，124平方米，38000元／年，年付；三室，147平方米，45000元／年，年付。看得我的嘴越张越大：比西安二环内都贵！

神木县位于陕西省北部，历史悠久，资源富集，人杰地灵……全县总人口42万，县域经济综合竞争力居全国百强县第44位。

这是来自百度百科的信息。

15年免费教育、全民免费医疗、孤寡老人和残疾人免费供养，这里有丰富的煤炭和石油资源，其中锦界乡人均GDP3万美元，接近新加坡的水平。在神木县城的酒店内，几个外地人频频碰杯，相互调侃："祝你早日有个神木户口！"

这是来自《西安晚报》的信息。

这似乎是一个与众不同的县城，街上随处可见的铺面，不是典当行，就是贷款公司，最繁华的一条街道甚至容纳了50多家银行和其他金融机构，其金融业的繁荣程度堪比任何一个大都市。不过，这是它之前的繁华，如今已是人去楼空，满目萧条。

这是人民网2013年7月的消息，标题为"神木民间借贷崩盘，全民借贷成全民追债"，附的图片是倒闭的店铺和关了门的典当行。

七

2013年1月，我正式嫁给老李，落脚神木。

迎亲的车是清一色的宝马740，都是他哥哥和姐夫的，连摄像车都是白色的"普拉多V8"，跑在最前面，寓意白头偕老。豪华的车队，看得我这边的亲戚一个个眼睛都转不动了。

2013年12月，老李的表哥，就是我们结婚时用的那辆棕色宝马740的车主，一个1987年生的小伙子，煤矿投资失败，欠了一屁股债，人逃得老远，把债务留给了年迈的父母。他爸妈逢人就问："给贷点钱行不行？"可哪里有人敢。

这几天，据说他表哥家所在的那个村子卖了一块地，要把钱分给农民。消息不胫而走，十里八乡的债主全上门来讨债，几乎家家户户的炕头都坐满了来讨债的人，都在等，等着那一点还没有分下来的卖地钱。

昔日风光的一些亲戚渐渐风光不再，车子被没收，房子也卖了，自己又搬回小村子去住。各家的男主人心高气傲，还等着突然发达，倒是女主人担起了生活的重担，出去揽工做活，在镇上洗车或者做店员，每月1500块钱。

我时常想起老李对神木的评价：二锅头。

就是二锅头——神木太烈了，但是，会慢慢温和起来的。我相信。

在这里的一年多，我常去爬我家后面的高山，俯瞰近在咫尺的小城，老觉得自己对她还持有偏见。以前不爱，现在却固执地爱着。当外界睁大眼睛盯紧神木的时候，神木其实并没有动荡。就像我的一个姐姐，富的时候穿貂皮大衣，穷的时候也还是一样，她不发愁，倒安慰我："天塌下来有高个儿顶着，你怕甚，日子长着呢。"

就是，日子长着呢。

后来那把琴被我背到了北京，

2011 年它又被我背到上海，又被我从上海带到了云南，

一直到现在。

我现在也不太弹它，弦都好久没上过了，

但是看着它依然觉得特别舒服。

锦绣河山万里 /

音乐，我行走于世间的通行证

◎ 张玮玮

　　我是一个特别爱惜东西的人，而且有点恋物，用过的东西都舍不得扔。以前特别夸张，我连用过的牙刷都舍不得扔，家里面堆了特别多的东西，直到我二十七八岁时在北京总搬家，这些东西变得有点拖累我了，然后开始觉得不能老这样，每次搬家我就狠下心扔东西。我在北京待了 13 年，最后临走时，我只有 4 个箱子，其他东西全部都扔了。但是有很多东西是我一直带在身边，其中有一件是维吾尔族的乐器——弹布尔。

　　我有好多来自新疆的乐器，后来慢慢地都送人了，因为我觉得我若不弹了，拿着它就没有意义。只有那把琴一直在我身边，现在都还在我大理的家里面挂着。

　　我小时候特别喜欢一首歌，刀郎也唱过："白杨树下住着我心上的姑娘，当我和她分别后，好像那都塔尔，闲挂在墙上。"

我特别喜欢那首歌，觉得家里的墙上若能挂一件这样的乐器，我就感觉特别舒服。

维吾尔族最重要的三种乐器是都塔尔、弹布尔、萨塔尔，这三种乐器是一个组合，有了这三种乐器，维吾尔族所有的民歌都能伴奏。我喜欢的是其中的一种叫弹布尔的乐器，它有五根弦，是钢弦，弹的时候要在指头上绑一个铁丝做成的三角，然后手指头要用特别大的劲去弹。

2003 年，我在新疆待了半年，住在一个村子里面。

我第一次去那个村子，看见一个理发馆，理发馆里面有一个维吾尔族人在给人修胡子，修一次胡子两块钱。他也是那个村子最好的音乐家，每到晚上，他的沙发一掀开，里面全是都塔尔、弹布尔这些乐器。他的哥们儿到了晚上八点钟吃完饭，就在店里面弹琴。

我下午路过时看见他一个人在那儿弹琴，就进去跟他聊了一会儿，然后他就约我，说要是喜欢听，就晚上来。

晚上，我走进了那个村子，在那里跟他们玩了两个多小时，玩得特别好。最后我拜他为师，他帮我找了一个他的朋友，家里有房子租，我就在那个村子里面住了整整半年。白天我在他的理发馆里面待着，我练琴，他修胡子，晚上再回去睡觉。

自从我开始在他那个店里面练琴，他的生意就变得特别好，不停有人来，他们刮完胡子就在那儿待着，常常挤了一屋子人，因为他们从来没见过一个汉族人学这些乐器，他们觉得特别新鲜，而且可能也有种自豪感：我们的音乐谁都喜欢。

我跟他们学了特别多维吾尔族的音乐。我本来想找这个师父买一个弹布尔，他有一把特别好的琴，我看上他那把琴了，但他就是不卖给我。我让他帮我找，但他给我找来的都是新做的、花里胡哨的琴。我觉得乐器是一拿上就是一辈子的东西，所以它的声音，还有得到它的那个过程，都要绝对完美才行。所以我就一直没买，一直在弹他的琴。

在那个村子待了三个月以后，我和一个朋友一块儿去塔什库尔干，然后到喀什，在那里住了三天。有一天我们在街上溜达，路过一家铜器店。那家铜器店里卖铜壶的小伙子在弹一把弹布尔，远远的我就听见了那个声音，他弹得并不好，但是那把琴的声音特别好，我完全陶醉了。

我走过来走过去，最后想了想，还是进了他的店，跟他说："你这把弹布尔卖吗？"

丝绸之路上的人特别会做生意，他眼珠一转，就说："不卖，这个不能卖。"但他说完不卖，就开始夸这把琴："我这把琴是我爷爷传给我爸爸，我爸爸又传给我的。"那把琴没有一百年，至少也有六七十年了，是一把很老的琴，琴上有一层包浆，上面用维吾尔语刻着他爷爷和他爸爸的名字。我一看他开始夸这个乐器，我就知道他肯定会卖，此刻他只是在盘算什么价格比较好。我就一直待在那儿，跟他聊了特别多，最后我说："你说吧，多少钱？"

他嘴里嘟囔着："两……三百五！"

　　我一听"三百五"，比我预期的价格要便宜很多。在伊犁，我那个师父给我拿来的新做得很不好的琴都要七八百块钱，甚至1000块钱。我当时心里狂喜，但是表面上又要装装样子："350太贵了！"其实我恨不得立刻给钱。最后说了几句，就掏了350块钱把那把琴拿上了。

　　我买那把琴花了特别长的时间，从下午三四点钟见着他，一直到晚上那条街全部都打烊了，八九点钟才把琴拿走。他一直给我弹，我也给他弹，我们高兴得不得了。本来我不准备待在伊犁了。

　　我们要到塔什库尔干休息一下，然后走新藏线去西藏，但我拿上这把琴，回去弹了两下，就觉得我有这么好的琴，但我根本还没有学好，如果就这么走是不行的。后来我那个朋友自己坐车去西藏了，我从喀什坐车回到了伊犁。我又在伊犁待了整整三个月，就拿那把琴跟我师父学，学了十二三首曲子，其中有六七首都是维吾尔族特别有名的"木卡姆"里面的曲子，特别难，我到现在都弹不好。我觉得这十几首曲子足够我这一辈子来消化，最后就带着那把琴走了。

　　我在那个村子天天跟我师父学乐器，我师父作为音乐家，却没有什么正式的演出，主要就是参加婚礼。伊犁地区所有的婚礼都要找乐队，我师父每周最少要参加两个婚礼，坐车就要两三个小时。他去婚礼就会带上我。那里的人特别尊重音乐家，音乐家到了，永远坐在最重要的位置，所有人都是那种毕恭毕敬的样子。我天天跟着他，没多久，我在那个村子里面都快红了。我每天拎着琴出去，到每一家都有人喊我："来我的房子坐一下，抓饭吃一下。"我觉得那里太温暖了，所有人都特别好。

每天晚上，我在他的店里，街上的小青年进到他的店里，全部都老老实实地坐着，一直在那里等着，因为这是音乐家的店。他们有时候说："哥哥，能不能给我弹那个曲子？"我师父不理他，也不给弹，求半天才会给他弹一个。听师父弹琴的时候，他们简直就是"迷弟"，但是一出了那个门，立刻又招摇过市。我每次见着那些小青年，他们对我也特别客气。我临走的时候，有四五个维吾尔族小伙子和姑娘在凌晨4点钟送我，一直把我送到车站。

在新疆，音乐的地位是很高的，这和很多地方的区别特别大。我父亲是音乐老师，他其实并不支持我搞音乐，经常劝我不要再干这些了，要务实一点。以前他希望我赶快找个工作，后来希望我做生意，一直到我差不多过了35岁，他才开始不说这件事了。因为我到35岁还没回头，他就知道我肯定不会再回头了。

我走的那天伊犁下了大雪，整个新疆白茫茫一片。我在新疆买了件羊皮的皮袄，背着那把琴，带着我的吉他和行李，坐车到乌鲁木齐，从乌鲁木齐回家。到了兰州，我妈跟我说的第一句话就是："你怎么买了个这么大的水瓢？这么长！"因为那把琴的琴箱是椭圆形的，特别像一个水瓢。

后来那把琴被我背到了北京，我在北京待了几年以后，2011年它又被我背到上海，在上海放了一两年，又被我从上海带到了云南，一直到现在。现在它就挂在我书房的墙上，我每天都能看到那把琴，感觉特别好。我现在也不太弹它，弦都好久没上过了，但是看着它依然觉得特别舒服。

水井

◎ 张行健

村落总是沉寂在一片苍黄里。

让村落生动的，是那两眼相距并不遥远的水井。

天还没有亮透，有三颗或五颗倦怠的星，依然在天空中缀着。早起乡人的脚步把村子踩醒，水桶声和咳嗽声很匆忙地纠缠着，被一条条影子带到水井边了。

这是一眼甜水井。

水井有高于地面三尺余的砖砌井台，一色的青砖极讲究也颇结实地将井口围着。井口上竖着枣木井架，上面安着打水用的辘轳。圆圆的辘轳缠了极粗的井绳，那是乡人用老麻皮拧就的，耐用也富有韧性，绳头是一串铁链，用来套紧桶把儿的。

空桶下落水井的过程，是一个快速而猛烈的过程。辘轳在轴上飞转，发出啪嗒啪嗒的声响，好嘹亮的，把树上的鸟雀惊得飞远了，把天边的残星震得抖落了。成年汉子双手的手心，在麻绳上摩擦且用力，控制着缓急速度，水桶接触水面前的一瞬，忽然慢下来，水桶由于井绳的一兜，便栽进水里，舀了满满的一桶水。水桶的上升就悠然了几许，那是汉子的臂力通过辘轳作用于井绳的，辘轳的把子每转一圈儿，辘轳心与轴柱的咬磨就发出一个浑厚的响声，吱——吱——这样响过二十余下，一桶冒着热气的井水就上了井口。有性急的汉子，会探下嘴去，饱饱地喝上几大口，起身，仰了一张满足的脸，很惬意地叹道，好甜哪，美咂了——

叹过，美过，便挑了一担，脚步轻快地经过村巷，晃进自家的院落。此时，天也亮了许多，汉子正好荷锄下地。

井台承载了清晨的忙碌后，便陷入一天的静默里，无论早上最后一个离开者是谁，看一眼四周再无人走来，他便在挑起水桶之前，将沉重的木盖封在井口上。

爷爷常对家人说，井是咱乡村的眼呀，谁都得爱惜眼睛哩！

甜水井是属于乡村汉子的，娃娃家和婆娘们一般不可以靠近它。

年少的我首先走近的，是村头的另一眼井，它是苦水井。

同甜水井相比，苦水井井台要低一些，台上的枣木架也低，架上的轴和轴上的辘轳，都相应地要小。如果说甜水井是汉子们的世界，那么，苦水井的前晌和后晌，井台上下则是娃娃和女人们的天下。

　　女人们要浆洗衣物了，要择葱扒蒜了，要淘红薯洗萝卜了，会拿了衣盆，拿了箩筐，由她的半大的能挑井水的儿子陪了，来到苦井台边，井台边就交织了细腻而紧张的劳作乐章，也时时炸起只有女人堆里才能炸起的欢笑。

　　村里的每个农家，都有两口蓄水的大缸，一口蓄甜水，一口蓄苦水。甜水做饭用，人吃；苦水洗衣洗脸洗菜熬猪食拌鸡食，当然有时候也会用来浇灌院落里的菜畦和初栽的小树。有时，忙晕头的女人，在熬猪食时舀了甜水缸里的水，男人会涨着一张硬脸，嚷，咋用甜水熬猪食呢，嗯？要累死老子你才舒心？

　　女人的脸腾地红了，羞愧着，低了头，赶紧将水换过来。

　　每个农家都有不成文的规矩，男人主事土地庄禾，挑满缸里的甜水；女人做饭洗衣，喂猪养鸡，也和娃子捎带着挑满苦水缸。这是个形式，深层的意蕴在于，畜生不能和人一样享用甜水，甜水是上苍供给至高无上的人专用的。

　　无数次，在除夕的炮仗声里，爷爷敬完家里院里所有的神，就领着我，当然，还有二叔三叔，拿一把高香，走过长长的村巷来到甜水井的井台边。三叔在井台上插好一大把香，点燃，爷爷就朝井台跪下，我们都跪下，虔诚地拜上三拜。离开时，我发现，甜井台上，凡能插香的地方，都有长长短短的香在燃着，袅袅烟缕在无声地书写着乡人对水井的尊崇。

　　爷爷起身后交代我们说，你们到苦井台上拜一拜吧，多烧点香，头还是要叩的。

　　苦井台上也有插好的香，但没有高香，细细弱弱地，明灭着几点香头红火。

14岁那年，瘦瘦高高的我，承担了家里挑苦水的任务。家里两副水桶，大铁桶和小铁桶，大铁桶由二叔三叔小叔轮换着挑，小铁桶就由我来挑了。

口渴的时候，我会放下水桶，将嘴探进水面灌几口。这不仅仅是口渴，还有猎奇的心理作祟。同甜井水的清、甜、绵、软相反的是，苦井水浊、苦、涩、腥，水质粗粝。喝一口，脸上的表情会立刻扭曲。我曾困惑地问爷爷，同一个村子的井水，为啥有甜有苦呢？

爷爷仰着一张老皱脸，没直接回答我，淡淡地说，这就像我们的光景，有甜也有苦嘛。爷爷深沉得像一个乡村哲学家。

我的少年时代，是一个阶级斗争的年代。学校的老师常常把我们列队带到甜水井边，每人喝几口甜水，让我们体会井水的清冽甘甜；然后又到苦水井边，让我们每人喝半瓢苦水，让我们品尝苦水的浑浊苦涩。然后我们就整齐地围着井台坐一圈儿，听井台上的"贫协"（此人是我们村唯一的贫协代表，村里人便用"贫协"来称呼他）忆苦思甜。

"贫协"大声说，我们现如今的日子，甜哪，像方才喝的甜井水，可是，旧社会，我们贫苦人的日子就像是在这苦井里度过一样，吃不尽的苦，受不尽的罪呀……"贫协"一把鼻涕一把泪，讲他过去所受的压迫。他说，他过去给村里地主屈大头扛长工，一年四季吃不饱穿不暖，挨打受骂不说了，吃饭喝水，屈大头都让他喝苦井水，"我和他家养的猪羊鸡鸭一样，还不如个畜生呢……"那一天他挑回一担甜水，渴极了，就拿马勺舀了一勺猛喝，不料，屈大头猛踢他一脚，顺手夺过马勺，骂他，什么狗东西，牲口也配喝甜井水呀……

同学们就心酸，就流泪，同时也气愤，大队民兵们就适时地押来了绑了双手的屈大头，把他押到苦井台上。

大伙就喊口号，打倒地主分子，不忘阶级苦，牢记血泪仇。

屈大头交代说，我过去有地，有牲口，有房屋，雇过短工和长工，压迫过长工和短工，可是，我和长工短工一样吃饭一样喝水的，这不能骗人……

话没说完，"贫协"跑过去，脱下鞋子就打屈大头，民兵也拉紧了捆绑的绳子，学生娃里，也有拿土块砸向屈大头的……

屈大头只是个干瘪的小老头，头也不见得有多大。平时，生产队安排他挑大粪，把各家各户的茅厕里的粪挑到大田里。挑罢粪，就不停歇地清扫村里的大街小巷。在我们的印象里，他是一个裹在飞扬的尘土里的小老头。

屈大头没能忍受住一次次频繁而又严厉的批斗，在一个冬日的夜晚，他跳苦井死了。

村里一片死寂，打捞上来的屈大头全身泡得肿胀，三天三夜，他干瘪的身体里不知灌了多少苦井水。

"贫协"早已升了大队会计，不下大田，不晒烈日，日子却过得滋润，从村巷里经过时，把欢快的蒲剧梆子戏洒溅得满路都是。

没过几年，会计出事了，上边的工作队到村里驻下来，调查他的贪污问题。

终因数额过大，还有许多无头账，会计吓得脸色苍白，工作队找他谈话时，他借口上茅房，转身拐到附近的甜水井边，一头栽下去了……

他栽到井里，却没有灌饱甜井水。他的头斜斜地撞到井底的那一圈砖座上，磕死了。

爷爷和村人一样，私下里破口大骂这个坏了良心的，死都不落个好名声，不栽沟上吊跳茅房，却脏污了那一眼好甜水井。

村里派精壮后生淘井洗井，把污了的水，舀出来，把沉淀的泥沙也挖出来，整整干了5天，才还原成了一眼新崭崭的老井。

爷爷曾对我说，村人对水井的爱，真像爱自个儿的眼睛一样，谁也不愿意往里揉沙子。早年间，一个妇人苦等着在省城经商的丈夫，后来知道丈夫已经在省城另有妻室时，羞愧之下跳进了苦水井；再一个，就是经不住折磨的屈大头老汉。他们跳的都是苦水井，人们叹息着打捞他们，并不去淘井洗井，只等个三五日后，又一如以前般去担去挑了。只有那个令人生厌的"贫协"，死就死吧，还要污了甜井的水，一提起这事儿，乡人的唾沫星子就要淹他的魂魂哩。

……

多年后，我回到久违的乡村，才知道，甜水井和苦水井都已枯了，村人吃水，是靠管道从远处的机井处输送过来的。甜水井和苦水井的井台虽已被风蚀得斑驳陈旧了，但原先的木盖依然牢牢盖着井口，护着井口。村里的老者说，井并没有干涸，是水井要歇息一些年头哩。水脉就在地下，只要淘一淘，挖一挖，依然会有旺旺的甜水冒出来，会有旺旺的苦水冒出来……

人看着草活一秋,

草看着人活一世,

没人知晓草的来去。

锦绣河山万里 /

草的记性

◎ 崔士学

我现在发现，在这个村子里，在这个村子外，草都是最没脾气的。草能有啥脾气？不能像二蛋家的狗一样吵吵着咬，也不能像三秃家的驴一样叫。草可真是好脾气啊，不像一棵树那样的招风，也不像一场风那样的惹雨。

草就在一个村子的远处，在一个村子的近处，悄没声响的，绿着，长着，那么久。像在我的远处、在我的近处走过的那些人，安安静静的，没听过一句话落地的声音，这么多年。

其实这么多年都是，草走过，把地覆盖了；人走过，地就裸露了。草走过的路，看不见足迹在哪里。村子里冯老六家一个春天没人走过的院子，夏天的时候草就挤满了整个的院落。忽忽悠悠的那么高的草，都能挡了我的眼睛都能没了小月的头，我们几个累了的时候常会靠在破门框上，纳闷儿原来光溜溜的院子从哪儿来这么多的草，二嘎子和他爸他妈那么多年走过的脚印咋都没了呢？就是我们一棵一棵顺着草根去拨拉，也还是找不着。

在二刘家房后长着的那些节股草，被二刘割了一大捆晾在大门外。来来往往的人都会说，这不是二刘房后的那些草吗？一个季节不露面，一棵草能找到回来的路；一个季节不露面，一坡草能找到回家的路。

可没有人知道，那些草是走过多远的路，才能够找回家；一棵草回家的路，究竟有多远。

然而村人更喜欢庄稼。草总是被庄稼嫌弃，可草似乎不计较这些。一片地里庄稼可能会来得迟些，可草闻风就会来，你一点儿都不用担心，乡下的哪片地会寂寞会闲着，这都是因为有那些草。我的想法是，乡下的地还是和那些草更亲近些，那些庄稼太娇贵。本来那些庄稼也是草，可一旦被人们叫作庄稼，也就开始知道挑剔土地的肥瘦。

草可是没有时间挑剔谁的，草把那些工夫都用来长成自己的模样。

早晨天刚亮，地头湿漉漉的满是露水，叫我踩倒的一大片猪毛草，在我转回来的时候就站起了腰身。我清晰的鞋印还在叶上梗上，那么深。我挎了一筐地瓜秧走了，走我自己的路了。身后的那些草，会痛吗？

我不知道一棵草的痛，很多事我都不知道。我不知道那些草漫山遍野的忧伤，就像到最后也不会有人能听清楚我一个人走过的那些安详与怅惘。

人割走了一茬草，一场雨后，草就又愣愣实实地长出来了，还是先前的模样，让人不由得蹲在那里恍惚：自己前几天割过的真的是这里的草吗？

我总看见那些草在相互搀扶着走路，爬过山坡，站满河床。这有时候让我羡慕，也让我偷偷地想，我走过的时候，有谁在远方挂念。那么多我听不清的风声雨声，都在草丛里弥漫。那些远去的消息，是不是都故意躲在草根的深处等着那些看不见的遥望？

可能我们的一生也就是这样，更多的时候，都是一个人在走路；更多的时候，也只是一个人在胡思乱想。草把一切都埋在土地的深处，草的心思都托付给土地收藏。它可不像人，自己把想法藏着掖着，一生都舍不得交给别人端详。叶子只是草的头发，花朵是草的嘴巴。一棵草在泥土的深处思考，在泥土的浅处微笑。能被土地宠着是一棵草最大的幸福吧？所以草总是在土地里歌唱。可人就不会被人惯着，只好领着自己去流浪。

我不知道。我只知道，没有一个地方比土地的深处更宁静，没有一个地方比土地的深处更能让你不被打扰地思考。没有一个地方，能比土地的深处更丰富，一切声音和色彩你都可以找得到。这是一棵草早就知悉的秘密，草都是从泥土的深处来的，一棵草记着自己来时的路。

有没有谁可以听见草垛在土里的那一部分私语？

在我住过的这个村子里，有黄狗没去过的地方，有黑驴没到过的地方，也有我没走过的地方，一定有。在这个村子里，有那些榆树和杨树站不到的地方，也有那些大碗花开不到的地方，有，一定是有。可没有那些草不落脚的地方。房顶上，墙头上，场院里。草不用谁领路，草哪里都能找得到。

草不动声色地长着，最后把一个人的记忆掩埋。人对某些事的记忆，也要靠一些草的模样来辨别。庄稼只在田垄里活跃，草却漫山遍野地奔跑。人只是在给草送行，可草不和人说话，一棵草的话只有另一棵草明白。

人看着草活一秋，草看着人活一世，没人知晓草的来去。村子里的那些事和村子外的那些事大致相似，村子外的那些路和村子里的那些路也差不到哪里去。草走向远方，一棵草比我更早知道这些事。

还有谁能低下头去倾听草的记性。

这里是"哏都"

◎ 徐凤文

"来到天津卫，嘛也没学会，学会开汽车，轧死二百多。"这是天津话版《猫和老鼠》的开篇，也是穿着开裆裤的天津娃娃唱了几十年的一个老段子。若是让马三立、郭德纲用天津话念出来，别有一种撒满了葱花、辣椒、面酱的煎饼果子的味道，口感咸香，包袱脆响。

从乾隆年间的"小帽歪，衣襟敞"到清末民初的"赶上房，开水砖头往下淌"，再到而今"脖子上挂一串拴狗的大金链子，胳膊上刺几个燕鱼"的小玩闹，九河下梢的天津卫就出这样一类人。在霍元甲的迷踪拳还没有风靡全国的时候，鲁迅先生乘绿皮火车到天津站，碰上青皮（混混儿），非要帮着提行李，一件两元（那可是银圆）。你说行李轻，他说两元；你说路近，他还说两元；你说不要他提了，依然是两元。现今，这样的青皮早已由街面上碰瓷、打架、起哄、架秧子的"天津耍人"进化成了"高端黑"、逗你玩的"出租斯基",带钱的您算是来着了,要是不带着您在辨不清东南西北的市面上绕上两圈,都算对不起您来了一趟天津……哎,对了,邻居二伯嘱咐了:在本地打车,天津大哥不说"你好",而说"姐姐,你要车吗"。要是碰上不好打车的时段,天津人都不好意思说自己想去哪儿,得问:"师傅,你去哪儿?"

作为天津享誉全国的知名品牌,我敢打赌,当天津卫的"四大天王"——二他爸爸(高英培相声《钓鱼》中的人物)、丁文元(马志明相声《纠纷》中的人物)、"吃嘛嘛香"(天津某牙膏广告语)、"逗你玩"(马三立单口相声名)攒好了局在路边打牌的时候,讲的段子一准儿比春晚的逗乐。酣战过后,这老几位一定还会为谁去老姑包子铺请客扯半天闲白儿,末了,这些闲人还会为结账争个面红耳赤、不亦乐乎。那位爷说了,嘛叫天津闲人?据考,有两种说法:一曰,平时无事由、闲来乐无忧、在狗食馆(小饭馆)里吃嘛嘛香、在大酒店中满嘴食火、扯起闲篇儿来大腮帮子放射出狠狠幸福状的自由职业者;一曰,就是盐放多了,齁着啦!

虽然一些人住在西洋范儿的小洋楼里,但大多数天津人却一直迷恋大城小民的"哏都"幸福生活:任凭风浪起、高楼立,海河边永远有些淡定从容的天津闲人搬个小马扎钓鱼;沈阳道上永远有些身份不明的俗世奇人看着昔日的旧物表情暧昧;天津站对面，昔日万国桥今日解放桥上永远有些"狗骑兔子"在那里等着宰客；张爱玲小时候玩耍过的法国花园到了周末一准儿就成了二他爸、二他妈给二子们找对象的婚市儿；"五大道"睦南花园里，每到夜晚，唱京剧的、玩萨克斯的、唱西洋曲的总是彼此相安无事……从泥人张到杨柳青，从霍元甲到李叔同，从冯骥才的《怪世奇谈》到林希的《天津闲人》，从老天津到新天津，很多人说起天津，总是想起这个适合厮混的地方浓浓的人情味，想起天津人的乐观、幽默、实诚，喜欢自嘲，就爱玩笑，不跟你争。

"你幸福吗?""你嘛意思!""惹惹惹敲破锣，大爷不怕小八卦。"(马三立相声中语，形容天津闲人乱起哄、瞎胡闹。)"嘛钱不钱的，乐和乐和得了……"天津人能把日子过成段子，天津人过的就是一种轰轰烈烈的世俗生活。甭管世道如何风云变幻，天津人总能津津有味地穷开心，听着电台里的"哏都之父"马三立给你嘚啵那些永远听不腻的天津段子："妈妈，他偷咱家被窝啦!"

"谁呀?"

"逗你玩……"